CAMILLE

ou

LE CAPITOLE SAUVÉ,

Tragédie en cinq Actes

PAR

M. Népomucène-Louis LEMERCIER,

De l'Institut Royal de France

(MEMBRE DE L'ACADÉMIE FRANÇAISE).

PARIS

URBAIN CANEL, EDITEUR,

RUE SAINT-GERMAIN-DES-PRÉS, N. 9.

BARBA, AU PALAIS-ROYAL.

1826

CAMILLE

ou

LE CAPITOLE SAUVÉ.

IMPRIMERIE DE J. TASTU,
RUE DE VAUGIRARD, N° 36.

CAMILLE

OU

LE CAPITOLE SAUVÉ,

Tragédie en cinq Actes

PAR

M. Népomucène-Louis LEMERCIER,

De l'Institut Royal de France

(MEMBRE DE L'ACADÉMIE FRANÇAISE).

PARIS

URBAIN CANEL, ÉDITEUR,

RUE SAINT-GERMAIN-DES-PRÈS, N. 9

BARBA, AU PALAIS-ROYAL.

1826

PERSONNAGES.

CAMILLE, dictateur romain.

BRENNUS, chef des Gaulois sennonois.

PONTIUS, citoyen romain.

CURION, Romain réfugié.

ERBATE, gouverneur de la ville d'Ardée.

CLÉOVÈSE, ambassadeur de Brennus.

CIVILIE, femme de Pontius.

TROUPE DE ROMAINS ET DE ROMAINES.

DÉPUTÉS DU CAPITOLE, personnages muets.

CHEFS ET SOLDATS GAULOIS.

SUITE DE CAPTIVES ROMAINES.

La scène se passe sous les murs d'Ardée, alliée de Rome. Le théâtre représente l'enceinte publique, ou *hiéron* d'un temple de Jupiter, dont on voit le portique sur l'un des côtés, et dont le péristile couvert s'unit à des colonnades qui devancent les murailles et les portes de la ville, aperçue dans l'enfoncement, au milieu des campagnes d'Italie.

AVERTISSEMENT[*].

<hr>

Convaincu par les louanges que Tite-Live et Plutarque donnent à la vie exemplaire de *Camille*, qu'aucun héros de l'antiquité ne pouvait être consacré plus utilement que sur le théâtre, qui prête tant de relief aux belles actions, je me suis attaché à bien peindre ce personnage, aussi digne de la haute tragédie par ses passions que par sa sagesse à les surmonter. Camille est le type de la réelle magnanimité : ce modèle de la grandeur du courage s'accorde avec l'honneur militaire de notre siècle ; et cette image de l'invariable soumission aux lois de l'État offre la leçon la plus universellement frappante pour les hommes, soit sous le gouvernement républicain, soit sous le monarchique.

Je me suis donc étonné que ce personnage, à la fois instructif et dramatique, nous manquât lui

[*] Mon ouvrage fut reçu par le comité du premier Théâtre-Français, en 1811, et l'avertissement, qui le précède, soumis à la censure de cette époque, tel que je le reproduis ici.

seul sur la scène française, parmi les portraits des Romains illustres qu'ont tracés nos principaux tragiques : et je me suis efforcé de le ranger dans leur nombre afin de compléter, si je puis, cette galerie intéressante de leurs tableaux historiques ; ainsi que j'ai pu heureusement ajouter l'Agamemnon, absent, à la série des tableaux fabuleux de la famille des Atrides ; mais Camille étant de la famille des grands hommes me fournit par sa moralité, l'avantage plus favorable au succès, de ne me pas prêter un sujet de terreur excitée par le crime ; mais un fond noble de pathétique et d'admiration, l'éminence de la vertu.

Quiconque lira mon ouvrage avec *attention* et *saura le juger sous son vrai point de vue théâtral*, reconnaîtra quel soin scrupuleux j'ai mis à ne pas laisser la moindre prise aux allusions de l'esprit de parti et de la malignité, qui privent trop souvent le public de ses innocens plaisirs. C'est à ce dessein que j'ai abondé dans les particularités de détail sur les mœurs, les localités, les usages de l'époque représentée, qui *circonscrivent les choses à leur temps fixe* ; et que j'ai retranché les généralités qui se transforment toujours en applications. S'il en est quelqu'une à faire en cette pièce, elle ne peut qu'être glorieuse pour la France, puisque je produis le caractère de Camille comme le bouclier et le soutien de la patrie, honorable caractère des armées de notre nation, et que ce spectacle ne conviendrait pas moins dans nos villes que dans nos camps.

On sait comment Plutarque parle de mon héros lorsque dans la comparaison qu'il fait de lui et de Thémistocle, il nomme Camille l'*un des plus beaux patrons des sages politiques et des braves guerriers de l'histoire grecque et romaine.*

On n'aura d'ailleurs nul doute de la droiture de mon intention qui ne va qu'au bien de l'art, si l'on remarque dans la dernière scène du premier acte, une prophétie attribuée imaginairement aux livres de la sibylle, par laquelle j'établis la différence des peuplades barbares de l'ancienne Gaule, et du peuple belliqueux et civilisé de la Gaule moderne.

J'ai noté, en marge, les circonstances où les mots de l'histoire servent de fondement à mon sujet, et sans lesquels il eût perdu de son intégralité et de sa couleur, que détruirait leur omission. Ces légères indications suffiront à ceux qui savent les annales et leur rappelleront le texte.

J'offre maintenant cette tragédie au public, de préférence à quelques autres que j'ai travaillées, parce que, le fait étant romain, elle est entièrement d'une forme antique et, par-là, simple et régulière.

L'économie de mon plan m'a dispensé de recourir aux incidences et de mêler aucun ressort accessoire aux élémens principaux. Les seuls personnages de Camille, de Pontius et de Civilie, chaste image des dames romaines, m'ont servi à peindre noblement les vertus civiques dans les deux sexes, et le seul caractère de Brennus les fait ressortir par le contraste de sa barbarie conquérante. Je ne me suis permis qu'une légère altération aux circonstances de l'événement, c'est d'avoir transporté la catastrophe aux portes de la ville d'Ardée, afin d'ajouter la stricte unité de lieu à celles de temps et d'action.

L'historien de Chéronée semble avoir indiqué lui-même ce beau sujet dramatique à Melpomène, en assimilant la révolution si rapide et si imprévue qui sauva le Capitole à ces péripéties théâtrales qu'on représente dans les tragédies. Celle-ci particulièrement offre aux méditations la plus haute idée de la puissance et du triomphe des Lois tutélaires.

On en jugera quand elle sera dignement représentée au public.

CAMILLE,

LE CAPITOLE SAUVÉ.

ACTE PREMIER.

SCÈNE I.

PONTIUS, CIVILIE ET QUELQUES ROMAINS.

PONTIUS.

SUSPENDS ici tes pas : sois moins intimidée.
Ce temple qui se joint aux enceintes d'Ardée,
Garantit un refuge au reste des Romains
Échappés à Brennus qui tient Rome en ses mains ;
Un chef, prêt à sortir des portes de la ville,
De l'hospitalité nous ouvrira l'asile :
Attendons-le : tu sais qu'on n'y peut être admis
Si par les magistrats l'accès n'en est permis.

CIVILIE.

Fuyons ; à nos périls dérobons-nous ensemble.

PONTIUS.

Quel refuge plus sûr ?...

CAMILLE.

CIVILIE.

O cher époux, je tremble
Qu'en ces lieux où déjà les Gaulois sont venus
Le séjour des Romains n'attire encor Brennus.
Il est, il est des bords, chers à notre patrie,
Où Numa, notre roi, consultait Égérie,
Lieux discrets et profonds, et ceints de bois déserts,
Qui nous déroberont à l'opprobre des fers :
Les ombres des forêts, la source consacrée
Qui naquit des sanglots de la Nymphe éplorée *,
Mêleront leur tristesse à nos longues douleurs :
Des échos plus secrets répondront à nos pleurs.
Là, contemplant au loin la nature immortelle,
Nous nous dirons que Rome eût dû l'être comme elle,
Et qu'un démon, contraire à nos dieux souverains,
Rendit Cumes trompeuse et leurs oracles vains.

PONTIUS.

Rapprochés l'un de l'autre, enfin, ma Civilie,
De cruelles frayeurs cesse d'être assaillie.

CIVILIE.

Comment ne point trembler ? Brennus, n'en doute pas,
Brennus en ce moment fait poursuivre nos pas.

PONTIUS.

Ardée à ses Gaulois encore inaccessible,
Du Sénat dès long-temps alliée invincible,
Nous défendra, te dis-je ; et pour ferme soutien

* Historique.

De Rome encore ici le plus grand citoyen
Protégera nos jours autant que cette ville :
Une fois dans ses murs, notre égide est Camille :
Oui, ce héros banni par des tribuns ingrats,
Ami des Ardéens, leur a voué son bras *.
C'est même sur la foi de ce qu'on en publie
Qu'en nos périls je tarde à quitter l'Italie,
Et que je dirigeai ta fuite vers ces lieux
Où déjà le signale un combat glorieux.
Absent de ces remparts, où son nom règne en maître,
A l'heure que je parle il est aux mains peut-être :
Pour prix de ses secours, s'il m'appelle en ses rangs.....

CIVILIE.

Quoi ? tu retournerais en des hasards si grands !

PONTIUS.

Ma gloire d'un refus serait trop avilie.

CIVILIE.

Eh bien ! à tes côtés mène donc Civilie.
Le danger de la guerre en un pareil moment
M'épouvanterait moins que ton éloignement.
Eh ! d'ailleurs, en ce cours de publiques alarmes ,
Quel sexe est à couvert de l'atteinte des armes ?
Quoi donc ? n'étais-je pas sous mon toit reculé
Loin du combat funeste où ton cœur a volé,
Lorsque de nos vainqueurs la rage meurtrière
Força de mes foyers la paisible barrière ?

* Historique.

Ces barbares sanglans apprennent à nos yeux
A supporter l'aspect du carnage odieux :
Ah ! de tant de fureurs je leur dois rendre grâce,
Puisqu'à mon tendre amour inspirant ton audace,
Ils m'ont accoutumée à ces objets d'effroi,
Et qu'au moins, si tu meurs, je mourrai près de toi.

PONTIUS.

Ah ! permets que sans crainte, en te voyant sauvée,
Je goûte la douceur de t'avoir retrouvée !
Ta perte, il m'en souvient, poussa mon désespoir
Jusqu'à me repentir d'avoir fait mon devoir.
Fallait-il, m'écriai-je, en ma cité perdu ,
Porter au loin des coups qui l'ont mal défendue,
Et laisser, sans appui contre des meurtriers,
Mon épouse tremblante et seule en mes foyers ?
J'y revins, frémissant que des bras tyranniques
Ne t'eussent arrachée à nos dieux domestiques.
Je vis mon seuil ouvert et mon toit dévasté *.
J'appris tout d'un esclave encore épouvanté.
Quels blasphèmes aux dieux me fis-je pas entendre !
J'abandonne mes biens, mes pénates en cendre :
Il faut que, ceint de fer, dans les ombres alors
J'aille rendre ma tête au péril d'où je sors,
Recherchant de tes pas quelque empreinte tracée
Par moi la ville en flamme est encor traversée :
Seul, je cours ; l'incendie au loin frappant mes yeux,
Roule en nos toits brûlans et rugit dans les cieux.

---

* Imitation de Virgile , dans le sac de Troie.

L'ennemi fond partout, et partout le feu vole.
La foule avait fermé l'accès du Capitole :
Je redescends, je vois Brennus et ses soldats,
Déjà de nos trésors gardant un riche amas,
Les coupes de nos dieux, les sceptres des augures,
L'or des temples, butin des mains les plus impures,
Et là des orphelins et des mères en pleurs
En long ordre enchaînés autour d'affreux vainqueurs.
Tu n'étais dans leurs rangs, ni dans les sombres routes.
J'osai, trop téméraire ! en les parcourant toutes,
T'appeler dans la nuit, et te nommant vingt fois,
Frapper de mes clameurs nos murs pleins de Gaulois.
Des captives soudain j'épiai le passage :
Me mêlant aux vainqueurs, j'écoutais leur langage ;
j'interrogeai du Tibre et le lit et les bords :
Enfin. un Dieu clément seconde mes efforts;
On m'apprend, dans le bruit d'une exécrable fête,
Qu'enfin débarrassé des soins de sa conquête,
Brennus fait à ses yeux offrir chaque beauté
Qu'on réserva pour lui dans la captivité.
Bientôt de tes rigueurs la nouvelle semée
Fournit un entretien aux loisirs de l'armée :
Et je dois à Junon d'avoir conduit mes pas
Aux lieux où t'entraînaient de farouches soldats !

CIVILIE.

A mes justes terreurs ne fais donc nul reproche.
Tant de maux.....

PONTIUS.

De ces murs le gouverneur s'approche.

SCÈNE II.

PONTIUS, CIVILIE ET LEUR SUITE, ERBATE ET SA SUITE.

PONTIUS.

Salut, ô dignes chefs de nobles alliés !
Un couple fugitif se prosterne à vos pieds.
L'amitié d'un héros est un titre honorable.
Au nom du grand Camille, à vos yeux respectable,
Mon épouse et moi-même implorons un soutien.
Pontius est mon nom : Civilie est le sien.
Captive du vainqueur, entre ses mains tombée,
A mon amour dans Rome elle fut dérobée.
Son aspect, ses discours, sa sévère froideur,
La douce majesté, maintien de la pudeur,
Ont réduit Brennus même à respecter ses charmes.
Son dépit l'exilait, lorsque parmi les armes
Le pont du Tibre enfin la montre à mes regards,
Pâle, aux fers, et menée au dehors des remparts.
Je pousse un cri, je fonds sur les vils satellites :
Ces amis ont aidé mes attaques subites ;
Secondé vaillamment par de tels défenseurs,
Mon bras put l'enlever à ses fiers ravisseurs.
Nous fuyons vers ce temple, enceinte hospitalière,
Sous votre heureux auspice ouverte à la prière
Sauvez-nous de l'affront de rentrer sous sa loi.

ERBATE.

Romains infortunés, bannissez votre effroi.
Puisse de nos remparts l'alliance fidèle

Réparer de vos murs la ruine cruelle !
Veuve de ses soldats, votre Rome en son deuil
A tous leurs orphelins nous a vu faire accueil *.
Là, sont de tous vos morts les pères et les filles :
Allez, allez vous joindre au reste des familles
Qui trouva son refuge en ce séjour pieux.
Quel plus auguste emploi des saints temples des dieux,
Que d'avoir consacré leur profond sanctuaire
A prêter au malheur un abri tutélaire !
La voix des affligés, priant les immortels,
Est portée à leurs pieds par l'encens des autels.
Tandis qu'en ce séjour soupire la faiblesse,
A repousser Brennus notre force s'empresse,
Et Camille poursuit un corps de ses Gaulois,
Qui parut sous Ardée, au mépris de nos droits.

PONTIUS.

Ah ! sous vos étendards que n'a-t-il pu me prendre !

CIVILIE.

Sitôt à ces dangers brûles-tu de te rendre ?
Si Brennus tout-à-coup marchait vers ces remparts,
Que deviendrais-je seule et loin de tes regards ?
Mon séjour en son camp me le fit trop connaître,
Il punirait ma fuite et ma vertu, peut-être.

ERBATE.

Madame, quel est donc ce monstre audacieux
S'il put lever sur vous un œil injurieux,

* Historique.

CAMILLE.

Si de votre pudeur la fierté légitime,
Suscitant sa colère, à ses yeux est un crime?

CIVILIE.

Le superbe, seigneur, aime à nous avilir;
A son premier abord il me fit tressaillir.
Dans un de nos palais que souille sa présence
Je parus devant lui : sa vaine complaisance
Voulut par son accueil tempérer ma douleur :
L'affront de ses bontés redoubla ma pâleur,
Quand le sourire amer de sa bouche ennemie
De ses séductions m'annonça l'infamie ;
Quand son sinistre front, se désarmant pour moi,
S'adoucit pour me plaire, il me glaça d'effroi :
Je frissonnai : je crus lire sur son visage
De nos hymens souillés le flétrissant présage,
Sur ses lèvres, l'arrêt de ses proscriptions,
Dans ses farouches yeux, la mort des nations;
Dans ses traits, je ne sais quelle féroce image
D'un lion dont l'aspect trahit l'instinct sauvage,
Et dès qu'il me parla, je songeai que sa voix
Ou du crime ou du meurtre allait dicter les lois.
Qu'espérait-il? changer en faveur tant de haine
Et profaner l'honneur d'une épouse romaine !...
Ah ! que plutôt j'expire !

ERBATE.

       Et ce sont de tels cœurs
Qu'osent insolemment offenser des vainqueurs !
L'hymen si saint, l'amour si sacré sur la terre,

Tout craint donc leur outrage!... ô crimes de la guerre!

CIVILIE.

Regardez... ah ! seigneur !.... qu'est-ce que j'aperçois ?
Je ne me trompe point.... c'est l'habit des Gaulois...
Nous avons intérêt d'éviter leur passage.
A leur ambassadeur derobez mon visage....
Oui, voici de Brennus le ministre odieux !
Où fuirai-je ?

ERBATE.

A l'abri de ces augustes lieux.

Il fait entrer Civilie dans l'intérieur du temple.

SCÈNE III.

ERBATE, PONTIUS, suite d'Ardéens, CLÉOVÈSE, suite
de Gaulois.

ERBATE.

Quel sujet vers nos murs, seigneurs, peut vous conduire?

CLÉOVÈSE.

Dans Ardée, au plutôt chargé de m'introduire,
Me pourrait-on mener devant son gouverneur?
Lui seul peut me l'ouvrir.

ERBATE.

Vous lui parlez, seigneur.

CLÉOVÈSE.

En messager de paix Brennus ici m'envoie
Prévenir des malheurs dont vous seriez la proie,
Et fermer la retraite à des réfugiés,
Qu'Ardée imprudemment nomme ses alliés.
Sous votre appui, dit-on, ose marcher Camille :
Il lui pardonnera, mais hors de votre ville ;
Mon prince ne veut plus qu'il puisse y demeurer,
Et dans votre conseil je viens le déclarer.
De plus, mon souverain réclame une Romaine
Dont un parti rebelle a su rompre la chaîne.
Sa captive est son bien. Croit-on que sa fierté
S'en laisse dépouiller par la témérité?
Son droit sur Civilie est son pouvoir suprême :
Qui de vous oserait le contester?

PONTIUS.

                    Moi-même.

CLÉOVÈSE.

Toi qui n'es qu'un Romain !

PONTIUS.

                 Moi qui suis son époux.

CLÉOVÈSE.

Vous n'êtes désormais qu'esclaves parmi nous:
Et la loi qu'en vos murs le vainqueur a donnée,
Détruisant vos liens, rompit ton hyménée.

PONTIUS.

Est-il quelque mortel dont l'ordre impérieux
Brise un engagement scellé devant les dieux?

Et le joug aux vaincus imposé sur la terre
Prescrit-il à l'hymen de servir l'adultère ?

CLÉOVÈSE.

Rebelle ! ton audace attirera sur toi
Les vengeances d'un chef que Mars a fait ton roi.
Hé, gardes !....

ERBATE.

                    Respectez, respectez cet asile
Qu'aux timides vaincus ouvre une illustre ville.
Là, de faibles enfans, des veuves, des vieillards,
De Jupiter sauveur implorent les regards.
Vous faut-il, ajoutant aux horreurs d'un long siége,
A mille cruautés joindre le sacrilége,
Et blesser, au mépris de l'hospitalité,
Les Ardéens jaloux des droits de leur cité ?
Ils sont libres encor du joug de votre maitre.
L'orgueil lui fait déjà trop d'ennemis, peut-être,
Pour qu'il doive irriter, par des coups inhumains,
Les habitans d'Ardée ainsi que les Romains.
Déjà, de vos excès concevant trop d'alarmes,
Camille a réprimé le progrès de vos armes.....
A ce premier essai Brennus a pu juger
Que ce noble banni saurait bien nous venger.....
Demandez à ce roi s'il a tant d'imprudence
Que d'offenser Ardée en son indépendance,
Et que de violer, dans ce dernier séjour,
La terre où le malheur fuit ses yeux et le jour.

CLÉOVÈSE.

Seigneur, si votre Ardée, à qui la paix est chère,

CAMILLE.

Craint toute invasion d'une force étrangère,
Pourquoi donc aux vaincus échappés de nos fers
Donne-t-elle un refuge en ses temples ouverts?
Ces Romains, fiers encor d'un côteau qui leur reste,
Valent-ils qu'on leur offre un secours si funeste?
Et si les Ardéens, recueillant leurs débris,
Prêtent aux révoltés de coupables abris,
Ne nous faudra-t-il pas, chassant nos adversaires,
Nous-mêmes leur fermer vos murs auxiliaires?....
Conseillez mieux Ardée : apprenez que mon roi
Me députe à ses chefs pour engager leur foi;
Et j'apporte un traité, qui la rendra moins libre
D'armer les fugitifs des rivages du Tibre.

ERBATE.

Croit-on qu'elle souscrive à ce lâche traité?....
Mais quelle foule accourt d'un pas précipité?

SCÈNE IV.

LES MÊMES, CURION, SUITE DE SOLDATS ROMAINS.

CURION à Erbate.

Seigneur, notre Camille a fait fuir dans les plaines
Les Gaulois apparus vers les portes prochaines.
Il rentre vainqueur.

CLÉOVÈSE consterné.

Dieux !

PONTIUS.

Heureux triomphe?

ERBATE à l'ambassadeur.

Eh bien!

Devons-nous de nos murs bannir ce citoyen?
Ah! pourquoi votre maître, aux vaincus redoutable,
Loin d'être généreux veut-il être implacable?
Que n'a-t-il du héros qui s'arme en notre nom,
Pour tout assujettir pris la haute leçon!
Camille, sous Falère à ses armes rebelle,
D'un gymnase d'enfans vit un maître infidèle
Qui de sa trahison lui livra pour garans
Ces otages si chers à de nobles parens :
Que fit notre Romain? son équité rigide
Aux enfans, qu'il arma, remettant ce perfide,
Les renvoya vengés chez les Falériens * :
Ainsi, les soumettant au plus doux des liens,
Plus triomphante encor que toutes ses batailles,
Sa bonté généreuse a forcé leurs murailles.
Voilà par quels beaux faits, en exemple aux vainqueurs,
On honore la guerre et l'on dompte les cœurs.
Mais un roi qui répand la terreur dans les ames,
Qui flétrit les vaincus, qui menace leurs femmes,
Chez des amis vengeurs les force à s'exiler.

CLÉOVÈSE.

Je ne puis de mon prince entendre ainsi parler :

* Historique.

Menez-moi vers vos chefs remplir mon ministère ;
Et là vous choisirez ou la paix ou la guerre.

Erbate le conduit dans la ville ; leur escorte le suit.

SCÈNE V.

PONTIUS, CURION ET LES RÉFUGIÉS ROMAINS.

PONTIUS.

O chers concitoyens, que je vois rassemblés !
De quel honneur Camille encor vous a comblés !
Ce héros, ce vengeur défend notre alliée,
Dont l'hospitalité par lui seul est payée.

CURION.

Bientôt que de Romains, dans l'Italie épars,
Se viendront réunir autour de ces remparts !

PONTIUS.

Hélas ! de nos tribuns quelle fut l'injustice !
Leurs cris l'ont condamné pour prix d'un long service ;
Quelque innocent orgueil de ses premiers hauts faits
Léur devint un prétexte à punir ses succès.
Irréparable effet du trouble populaire
Qui ravit aux États leur appui tutélaire,
Et qui laisse l'envie, au péril de nos biens,
Souiller d'un fiel jaloux les plus grands citoyens !
Notre Rome autrefois, par la guerre appauvrie,
Voulut se partager en repeuplant Véie * :

* Historique.

Camille alors crut voir, prompt à tout pressentir,
Des cendres de Véie une autre Albe sortir :
Du berceau des Romains la discorde intestine
Lui fit craindre de Rome une sœur trop voisine ;
Et ses justes avis sur leurs rivalités
Aigrirent les tribuns qui voulaient deux cités.
Ils l'ont proscrit. Le sort, nous privant d'un grand homme,
Le donne aux murs d'Ardée, et l'ôte aux murs de Rome*.
Ardée a de Camille emprunté la vigueur :
Et Rome ainsi frappée et tombant en langueur,
Rome, de ce héros la mère et la nourrice,
Perd l'illustre secours de sa main protectrice !

CURION.

Oh ! si vous m'en croyez, en nous rassemblant tous,
Dans Ardée à l'envi que ne réclamons-nous
Le seul chef de qui l'art puisse encor nous défendre !
Nommons-le général : quel autre y peut prétendre ?

PONTIUS.

Oui, Romulus l'inspire !.... Aux livres sybillins
Le mensonge n'a point inscrit nos beaux destins :
Cumes nous a dit vrai : les fils de Lavinie
Ont long-temps à régner, maîtres de l'Ausonie.
Ce n'est point au ramas de ces Germains errans,
Aux Cimbres, aux Teutons, d'être nos conquérans.
A vingt siècles de Rome, un oracle fidèle
Recula le déclin de son aigle immortelle :
Son vol aura sa gloire ! et, futurs héritiers,

* Historique.

Les Sicambres, les Francs, nation de guerrière,
De leur Gaule illustrée associront l'Hercule
Au Jupiter tonnant sur notre Janicule.
Ce peuple industrieux, poli, vaillant et doux *,
Instruit par notre exemple, et non moins grand que nous,
Loin d'abattre nos lois et notre antique ville,
Consacrera nos noms, nos vertus et Camille,
Et fera, dans ses fils à nos neveux unis,
Revoir à l'univers les Romains rajeunis !
Cette haute promesse, aux soldats retracée,
D'un avenir de gloire agitant leur pensée,
Résoudra l'heureux choix qu'il leur faut suggérer.
Dans ce temple, en conseil, venez délibérer :
Et toi, va, Curion, prendre une juste idée
Du pacte que Brennus propose dans Ardée.

* Les Français.

FIN DU PREMIER ACTE.

ACTE DEUXIÈME.

SCÈNE I.

ERBATE, Ardéens, portant quelques drapeaux.

ERBATE.

Aux vaincus rassurés portez en cet asile,
Montrez ces monumens du zèle de Camille.
Qu'à l'entour des autels ces faisceaux suspendus
Soient une offrande aux dieux qui nous ont défendus.
Allez, allez calmer une foule inquiète ;
Et de Camille ici respectez la retraite :
Son courage a besoin d'un moment de repos.

SCÈNE II.

CAMILLE, ERBATE, CURION.

CURION à Camille.

A cet ambassadeur que répond un héros ?
Daignez-vous accorder l'audience secrète
Que du prince ennemi le député souhaite ?
L'objet de son désir, l'avez-vous médité ?

CAMILLE.

Réponds-lui que soldat d'une libre cité,

A l'entendre en secret je ne veux point souscrire :
Qu'il m'exprime en public ce qu'il cherche à me dire.
L'envoyé de Brennus tend à sonder ma foi
Pour jeter quelque ombrage entre la ville et moi :
Bientôt son artifice, usant d'un tel mystère,
De ma ligue avec lui bâtirait la chimère.
Je ne l'entendrai pas, s'il ne consent qu'au moins
Son entretien permis ait quelques sûrs témoins.
Va donc, et hautement porte-lui ce message.

ERBATE.

La prudence en son ame est égale au courage.
Mais après tant d'exploits, mais si grand aujourd'hui,
Comme il tombe absorbé dans un profond ennui !
Seul, jouit-il si peu de sa propre victoire ?
Qui le reconnaîtrait ? Hélas ! qui pourrait croire,
A le voir tristement pencher son front guerrier,
Que Mars l'ait en ce jour ceint d'un nouveau laurier !

CAMILLE à soi-même.

L'homme insensible aux coups qui frappent sa patrie,
Citoyen sans vertu, n'a qu'une ame flétrie ;
De sa terre natale inutile fardeau,
Sans qu'un regret le suive il descend au tombeau :
Mais dans ses vils destins, mais dans sa vie obscure,
Il n'a pas à souffrir tous les maux que j'endure,
Et ces tourmens jamais ne lui furent connus
De Camille qui voit Rome aux fers de Brennus !
Un barbare, un Gaulois, nous vaincre aux bords du Tibre !
Un Celte vagabond soumettre un peuple libre !
Ce vautour arrêter notre aigle en son essor !

O honte!... et dans quel temps? lorsque je vis encor!...
Non : Camille n'est plus puisque Rome succombe.
Si Camille respire, il faut que Brennus tombe.

ERBATE.

Déjà, seigneur, vos coups redoublés si souvent
Lui font de loin sentir que Camille est vivant.

CAMILLE.

Son insolence encore habite Rome en cendre....
Des transfuges nouveaux n'a-t-on pu rien apprendre?
Manlius est-il mort?

ERBATE.

Il vit.

CAMILLE.

Je ne crains plus.
Près de Rome est Camille, à Rome est Manlius *.
Dit-on que de Vesta les flammes soient éteintes?

ERBATE.

Les vierges de son temple ont fui de ses enceintes,
Sur le mont Saturnin portant leurs feux sacrés,
Espoir du Latium dont ils sont révérés **.

CAMILLE.

Mais, au temple de Mars une troupe guerrière
Aurait pu protéger....

* Historique.
** Idem.

ERBATE.

                Ce temple est en poussière.
Rome n'est qu'un monceau de débris et de morts :
Le Tibre est teint de sang ; le sang rougit ses bords :
Le sang des sénateurs, répandu par avance,
Commença ce torrent....

CAMILLE.

                Tais-toi, tais-toi ; vengeance !

ERBATE.

Ah ! Rome est trop punie ! et ses maux, et ses fers,
Sont le prix des affronts que vous avez soufferts.
Les Dieux ont châtié les fureurs des comices
Qui d'arrêts flétrissans ont payé vos services,
Elles vous ont chassé, proscrit...

CAMILLE.

                        Oh ! les ingrats !

ERBATE.

Pour leur cause un grand homme aurait armé son bras.
Ces tribuns, qu'ont-ils fait en condamnant Camille ?

CAMILLE.

Au fer de l'étranger ils ont livré leur ville.

ERBATE.

Mais, dès les premiers coups, en leurs cris douloureux,
N'auraient-ils pu du moins vous rappeler entre eux ?

CAMILLE.

Non, voisins de leur chute, ils aimaient mieux l'attendre :
Si j'eusse encor brigué le droit de les défendre,
Leur orgueil indomptable eût accusé le mien
De prétendre à l'honneur d'être leur seul soutien :
L'envie eût lâchement calomnié mon zèle :
Il fallut, spectateur de leur perte cruelle,
Long-temps traîner ma rage, oisive en ce danger,
Autour des assiégeans... que je compte assiéger.
Qu'attendais-je d'un peuple, aveugle multitude,
Que la jalouse haine et que l'ingratitude ?
Ne l'avions-nous pas vu, crédule aux orateurs,
Ivre de ses tribuns, rebelle aux sénateurs,
Du haut de sa colline, en flots tumultuaires,
Redescendre assaillir les palais consulaires *?
Ses soldats, qu'à l'honneur asservissait ma loi,
D'où vient que leur furie a rugi contre moi ?
Pour avoir sous Falère, acquise à ma clémence,
D'un pillage honteux frustré leur espérance **.
Peuple vain ! ton malheur, tu l'as bien mérité !
Moi-même, en quel moment m'as-tu persécuté ?
Quand du sage Numa les sacrés interprètes,
Quand le vol des oiseaux prédisaient les tempêtes,
Quand le Tibre, dans l'air exhalant un poison,
Me priva d'un enfant, amour de ma maison.... ***.
Non, tu n'eus point pitié de la douleur d'un père,
Sur le cercueil d'un fils, pleurant près d'une mère !

* Historique.
** Idem.
*** Idem.

ERBATE.

En vain au bord du Tibre une céleste voix,
De Marcus entendue, annonça les Gaulois * ;
Rome, n'écoutant rien, ardente à vous proscrire,
Poussa votre courroux jusques à la maudire.

CAMILLE.

A ses portes, ô ciel ! quels furent mes adieux !
Au-delà de leur seuil m'arrêtant furieux,
De mon œil sur nos murs je tournai la colère ;
Et là, levant les mains vers le Dieu du tonnerre :
« Venge sur des ingrats mes vertus et la loi,
» Et qu'un malheur les force à recourir à moi * ! »
M'écriai-je.... Oh ! sans doute, à mes souhaits impies
Répondirent les voix des terribles Furies.
J'entendis l'air pousser de longs mugissemens,
Les mânes des héros briser leurs monumens,
De Janus à grand bruit s'abattre la statue,
Le dieu Therme frémir, crier l'aigle éperdue,
Et le Tibre, en son lit de carnage trempé,
Sous des voiles de sang gémir enveloppé.
Oui, je les ai maudits ; ils m'ont rendu coupable !
Le remords que j'en eus, supplice intolérable,
Des affronts qu'ils m'ont faits est le seul que mon cœur
Ne puisse pardonner..... qu'à leur affreux malheur.

ERBATE.

Votre cœur généreux dès long-temps leur fit grâce.

---

* Historique.
** Idem.

CAMILLE.

Qui ? moi !... chassé des lieux d'où la guerre les chasse,
Je me désole au sein des Romains désolés *,
Je sers dans mon exil leurs tristes exilés.
Pour la haine jamais mon cœur n'eut de mémoire ;
Et s'il garde un chagrin d'une injure trop noire
Il en immole ici jusqu'au ressentiment.
Venez, chers fugitifs, pressez-moi tendrement ;
Camille est votre ami, votre frère intrépide ;
C'est pour vous que Pallas lui prête son égide,
Et sa main rassiéra, sur le camp des Gaulois,
Vos lares paternels, le sénat et les lois.

SCÈNE III.

LES PRÉCÉDENS, CURION, SUIVI DE DEUX ARDÉENS.

CURION.

Seigneur, de l'étranger on a vu le ministre.
On rejette l'appât de son traité sinistre :
Mais le conseil entier, où vos vœux sont connus,
Renvoyant sur mes pas l'esclave de Brennus,
Vous exhorte à l'entendre ; et nulle conférence
En vous n'altérera sa pleine confiance.

Erbate et Curion se retirent avec les Ardéens : Cléovèse paraît.

* Historique.

SCÈNE IV.

CAMILLE, CLÉOVÈSE.

CLÉOVÈSE.

Souffrez que mon hommage au plus grand citoyen
Commence entre nous deux un utile entretien,
Et que d'un ennemi l'éloge involontaire
Atteste quel respect vous rend déjà la terre,
Où la vertu modeste a plus d'admirateurs
Qu'en leurs superbes cours les rois n'ont de flatteurs.
Brennus même, Brennus, sait assez que la vôtre
A mis votre valeur au-dessus de toute autre.
Le bruit de vos exploits, prompt à se divulguer,
Loin d'irriter ce chef vous en fait distinguer.
Son estime se fie à vos seules promesses
Pour payer votre bras de toutes ses largesses,
Si vous daignez me suivre, et de ce conquérant
Recevoir parmi nous l'éclat d'un noble rang,
Et guidant les soldats dont l'amour le seconde
Aider enfin sa gloire à subjuguer le monde.

CAMILLE gravement.

Vous m'exprimiez, seigneur, au nom de votre roi,
L'estime des vertus que vous trouviez en moi;
Mais, découvrant le but où tendaient vos louanges,
J'ai lieu de m'étonner de vos mépris étranges.
Qui? moi! de nos Romains long-temps le défenseur,
Servir en votre armée et sous leur oppresseur!
Moi, me vendre à Brennus!.. Ah! l'avez-vous pu croire?

CLÉOVÈSE.

Mais, exilé, proscrit, déchu de votre gloire,
Quand votre libre choix vous joindrait au vainqueur,
Qui pourrait sous le ciel vous en blâmer?

CAMILLE.

                              Mon cœur.

CLÉOVÈSE.

De votre cœur ainsi le murmure timide....

CAMILLE.

Des juges des humains c'est là le plus rigide,
Le seul inévitable, et sa voix en secret
Prononce à qui le brave un infaillible arrêt.
A qui s'est avili, nul bien, nul rang suprême,
Ne saurait déguiser la honte de soi-même.
Dois-je au lâche remords jamais me condamner?
Je puis cacher ma vie, et non la profaner.
Je préfère l'oubli dans mon exil injuste
A porter dans vos camps l'éclat d'un titre auguste :
Et si Rome, en tombant, m'entraine dans son sort,
A trahir mon pays je préfère la mort.

CLÉOVÈSE.

Quel pays est le votre? et par quel fanatisme
Garder en vos malheurs cet aveugle héroïsme?
Tous vos concitoyens, désormais abattus,
Comme autant de forfaits punirent vos vertus.....

CAMILLE.

Ah! silence! des morts n'insultez pas la cendre.

Contre moi-même et vous je saurais les défendre,
Et les justifier jusque dans le cercueil.
De Camille peut-être ils redoutaient l'orgueil :
Mes égaux m'avaient vu, jeune, imprudent encore,
Par les coursiers du Dieu qu'en ce temple on adore,
Faisant traîner dans Rome un char trop fastueux,
Consacrer mon triomphe en roi présomptueux * :
Le devais-je ? l'excès d'une pompe si vaine
A leur amour dès-lors fit succéder la haine;
Et leurs soupçons, en moi démentant leur espoir,
Donnèrent aux censeurs l'effroi de mon pouvoir.

CLÉOVÈSE.

Entendrais-je un héros excuser un outrage,
Si le poids des revers n'eût lassé mon courage ?
Un de vos fiers aïeux , ainsi que vous banni,
Coriolan, dit—on , aux Volsques s'est uni :
Il se vengea.

CAMILLE avec chaleur.

          Sa gloire eût été passagère
S'il n'eût été vaincu par les pleurs de sa mère :
La patrie est la mienne; et je n'ai pas dessein
D'égorger avec vous mes frères dans son sein.
Mais lui, que fallut-il pour désarmer sa rage ?
Du désastre de Rome une éloquente image :
Ce seul tableau frappa son cœur épouvanté :
Moi, qui vis en effet embraser ma cité,
Moi, qu'ont percé les cris de tout son peuple en larmes,

* Historique.

Moi, je m'associrais aux fureurs de vos armes,
Et j'irais immoler nos derniers sénateurs !...
Vous-même en frémiriez, barbares destructeurs !

CLÉOVÈSE.

L'illusion, sans doute, où votre espoir se fonde,
Vous flatte à l'avenir qu'un parti vous seconde.
Quoi ? vous abusez-vous sur quelques vains efforts
Qu'ont tentés vos amis dispersés sur ces bords ?

CAMILLE.

Moi, seigneur ! dans Ardée assurant leur retraite,
Je ne puis aspirer à venger leur défaite :
Mais dites aux Gaulois de ne point irriter
Les dieux de la colline où Brennus veut monter.
Dites même à ce roi, plongé dans le carnage,
Que la vapeur du sang où sa vengeance nage,
Peut soulever sur lui des souffles empestés,
Qui sauvent les vaincus des vainqueurs détestés;
Que des traits du soleil l'Italie enflammée
Peut en des feux brûlans dévorer son armée;
Que déjà la saison, vengeant notre malheur,
Jette au front des Gaulois une affreuse pâleur.... *
Je connais ce climat; je sais qu'il nous protége.....
Plus d'un fléau l'attend s'il ne lève le siége.

CLÉOVÈSE.

Eh bien ! seigneur, eh bien ! venez par ces avis
Défendre vos Romains à leur danger ravis.

* Historique.

CAMILLE.

Un grand homme s'honore à côté d'un grand homme.
Venez ; que feriez-vous, seul, et perdu pour Rome ?
Secondez les hauts faits d'un prince glorieux.
Quel héros est plus grand qu'un roi victorieux
Dont tout a ressenti la valeur aguerrie ?

CAMILLE.

L'homme qui, sans orgueil, soldat de sa patrie,
Vit juste, inébranlable, et meurt libre de fers,
Et fait régner les lois, reines de l'univers.

CLÉOVÈSE.

Je le vois, vous voulez prodiguer votre vie :
Votre ame en ses pensers est trop énorgueillie.....
Nous ne vous convaincrons que le glaive à la main.
Que nous restera-t-il à dompter ?

CAMILLE.

Un Romain.

Cléovèse se retire.

SCÈNE V.

CAMILLE seul.

Porte ailleurs tes leçons, éloigne-toi, va, traitre !
Enseigne à tes pareils à fléchir sous ton maitre.
L'insolent pense-t-il voir Camille rendu
Avant que par la mort à ses pieds étendu ?.....
Mais, que vois-je sortir ? les transfuges de Rome.

SCÈNE VI.

CAMILLE, PONTIUS, CIVILIE, FOULE DE ROMAINS DE TOUT
AGE ET DES DEUX SEXES.

PONTIUS.

Jetons-nous, citoyens, aux bras de ce grand homme.

Hommes, femmes et enfans s'empressent autour de Camille.

Je retrouve Camille, et le ciel a permis
Qu'un héros fût pour moi le plus cher des amis !

CAMILLE.

Oui, les dieux distinguaient notre amitié fidèle ;
Mais pour tous les Romains mon ame est fraternelle,
Et partageant leur sort, dont elle plaint les coups,
N'a plus de préférence, et veut les sauver tous.

PONTIUS.

Eh bien ! remplis ton vœu, guerrier dont le courage
Rassemble autour de toi ce qu'épargna l'orage :
Sois notre général. J'ai consulté leur choix * ;
Et c'est la voix de tous qui t'élit par ma voix.

CAMILLE.

Que dis-tu ? qui d'entre eux peut élire Camille ?
Ont-ils tous oublié le décret qui m'exile ?

PONTIUS.

Est-il quelque banni, sommes-nous citoyens
D'une ville où Brennus est maître de nos biens ?

____

* Historique.

Tous les nœuds de nos lois, rompus par sa victoire,
Laissent en liberté nos désirs et ta gloire.
Ah ! ne résiste pas au concours de nos vœux !
Ah ! ne rejette pas ces suffrages nombreux
De tant d'amis zélés, de tant de vaillans frères,
Qu'entourent leurs enfans, leurs femmes et leurs mères,
Élevant vers toi seul et leurs yeux et leurs mains !
Si tu peux balancer, si nos efforts sont vains,
Crains qu'après notre mort l'avenir n'interprète
Le scrupule forcé qui maintenant t'arrête,
Comme un ressentiment trop indigne de toi,
Et non comme un respect que tu rends à la loi.

CAMILLE.

J'en crois ma conscience, et n'attends point ma gloire
Des vagues jugemens que forme la mémoire.
En mille opinions l'homme indéterminé,
S'il ne suit le devoir, est sans règle entraîné :
Le mien est d'obéir aux volontés de Rome,
Elle a besoin d'un chef; eh bien ! qu'elle me nomme.
Soumis à cet honneur non moins qu'à son arrêt,
A ses lois attaché, je suivrai son décret.
Mais je ne prétends pas, quand le malheur l'outrage,
Consommer sa ruine en volant son suffrage,
Et révoquant moi seul l'arrêt qui me flétrit,
Lui faire un dictateur du chef qu'elle a proscrit.
Eh ! n'est-ce pas assez, lorsque Brennus l'immole,
Que ses derniers enfans armés au Capitole,
Aient vu leur sang fumer sous le fer des Gaulois,
Sans qu'un de leurs bannis renverse encor leurs lois ?

Pourquoi leur front encor au joug est-il rebelle?
Pourquoi conservent-ils leur triste citadelle?
Pourquoi résistent-ils sur un roc escarpé,
Que des flots de leur sang ils ont assez trempé?
C'est pour garder leurs lois, qu'un si beau fanatisme
Des restes de l'État soutient tout l'héroïsme.
Quel serait donc le prix de vingt combats rendus,
Si j'attaque les droits qu'ils ont tant défendus?
Je serais plus cruel que leur vainqueur sauvage.
Ils sont blessés, défaits, mais non dans l'esclavage :
On a détruit leurs murs, mais l'État est resté :
Moi, j'anéantirais leur juste autorité :
Ils perdraient jusqu'au nom de peuple libre et maître,
Et Rome, sans sénat, ne pourrait plus renaitre.
Non, par l'amour des lois, Rome se survivra;
Et Camille, s'il peut, les éternisera.

CIVILIE.

Magnanime exilé! que ton noble génie
Fait de l'ambition bien voir l'ignominie!
Tu n'oses t'ériger dans le commandement,
Pour affermir l'État en son ébranlement,
Tandis que trop souvent l'orgueil jaloux de nuire
Monte au-dessus des lois afin de les détruire.

PONTIUS.

Cependant, qui de nous en cette extrémité,
N'aura pas à gémir de ta rigidité?
Quel plus digne Romain, pour recueillir nos restes,
Prendra l'autorité, si tu te la contestes?
Nous faut-il donc périr, sans guide, sans recours?

Jusqu'au mont de Saturne il n'est point de détours
Où les camps de Brennus nous cèdent un passage :
Comment aux sénateurs parviendrait ton message ?
Par qui, par quel moyen solliciter pour toi
Le rang que nous t'offrons sans l'appui de la loi.

CAMILLE.

Cet effort téméraire est au-dessus d'un homme,
De nombreux ennemis nous séparent de Rome.
Le peu que nous pouvons n'est que de retarder
La chute du rempart qu'elle espère garder.

PONTIUS.

Camille, écoute.

CAMILLE.

Eh bien ?

PONTIUS.

Je n'ai dans l'Italie,
Je n'ai dans l'univers qu'un bien, c'est Civilie.
Trop émus des hasards qui m'en ont séparé,
L'un à l'autre rejoints, nous nous sommes juré
Qu'associant partout nos dangers, nos disgrâces,
Nos pas sans se quitter suivraient les mêmes traces ;
La perdre, et l'exposer au pouvoir du vainqueur,
Voilà le seul péril que redoute mon cœur.
Prends-la donc sous ta garde ; et, de craintes plus libre,
Moi-même, cette nuit, je franchirai le Tibre *,
Et veux, du Capitole atteignant la hauteur,
Mourir, ou t'apporter le nom de dictateur.

____

* Historique.

CIVILIE.

Dieux !

GAMILLE.

Vois en quel péril ton audace te jette.

PONTIUS.

Je ne vois que ta gloire ou Rome enfin sujette.

CAMILLE.

Frappé de mille coups tes destins vont finir.

PONTIUS.

Mon nom me survivra porté dans l'avenir.

CAMILLE.

Si tu meurs, ton effort est perdu pour la ville.

PONTIUS.

dévoûment d'un seul en encourage mille.

CAMILLE.

Ma tendresse pour toi soulève ma pitié.

PONTIUS.

Je réprime l'amour, réprime l'amitié :
Et lorsqu'à ma compagne un saint devoir m'arrache,
Du sort de Pontius que ton cœur se détache.
A la patrie en pleurs donnons-nous constamment.
Meure, meure en nous deux tout autre attachement.
A tout prix, sauvons-la. L'ordre des dieux suprêmes
Veut d'extrêmes vertus en des malheurs extrêmes :
Et sans ces dévoûmens, au-dessus des humains,
Nous cessons d'être nous, et de vivre en Romains.

Civilie chancelle prête à s'évanouir.

3

CAMILLE.

Suspends, suspends, ami, ce discours qui la tue.....
Vois ses traits..... soutenons sa faiblesse abattue.

CIVILIE revenant à elle-même.

Où suis-je? Ah ! pardonnez à mes frémissemens.
Ils ont trahi mon sexe et non mes sentimens.....
Je suis femme, et mon trouble a dû vous en convaincre;
Mais je suis sa compagne, ... et j'appris à me vaincre.
Par un double combat je me sens émouvoir:
Mon cœur tient à ses jours, mon ame à son devoir:
Je voudrais l'arrêter par trop d'idolâtrie ;
Je dois l'abandonner au bien de la patrie;
Et du plus tendre amour victorieuse enfin,
Je cède mon époux à son noble destin.
De mes frayeurs pour toi dédaigne le langage;
Pontius, ne vois pas s'altérer mon visage ;
De ma pâleur, s'il faut, détourne tes regards;
Sois sourd à mes soupirs; l'honneur commande ; pars,
Pars, quand de ton pays le désastre l'ordonne.
L'inflexibilité qu'un vrai courage donne
Peut seule des périls te faire triompher :
Je dompte ma douleur..... oui, je dois l'étouffer.
A travers mille morts, prêtes à t'apparaître,
Mes larmes et mes cris t'ébranleraient peut-être :
Tâche donc d'oublier, pour hâter ton retour,
Mon image, ma voix, et jusqu'à mon amour :
Et tous trois, nous faisant des adieux magnanimes,
Sauvons notre patrie, ou mourons ses victimes.

CAMILLE.

Dieux vengeurs des neveux du noble Romulus,
Tant de grands sentimens seront-ils superflus !

Confidemment à Pontius.

Au sortir de ces lieux, qu'on surveille sans doute,
Ami, tu vas trouver les Gaulois sur ta route.
Suis les bois à l'écart : je te dois avertir
Que de Rome Brennus s'est hâté de partir :
Il vient : de son armée un corps au loin se montre.
De son camp qu'il transporte évite la rencontre.

PONTIUS *tendrement à Civilie.*

Pour la dernière fois t'embrassé-je en ce lieu ?

CIVILIE.

Puissions-nous te revoir !

PONTIUS.

Adieu, Camille.

CAMILLE *avec fermeté.*

Adieu !

FIN DU SECOND ACTE.

ACTE TROISIÈME.

SCÈNE I.

BRENNUS, CLÉOVÈSE, SUITE DE CHEFS ET DE SOLDATS GAULOIS.

BRENNUS.

Non, je ne doute pas que l'insolente Ardée,
De nous voir sous ses murs ne soit intimidée.
Dites à son conseil que les chefs des Gaulois
N'apportent plus ici des traités, mais des lois;
Qu'en mon ambassadeur elle m'a fait outrage
Lorsqu'elle a repoussé l'objet de son message,
Sous ses portes encor je veux bien m'arrêter.
Qu'elle songe aux périls qu'elle doit éviter.
J'ai déjà parcouru le tour de ses murailles:
J'ai visité les champs où, risquant des batailles,
Leur Camille enhardi vous osa défier.
De mon camp qui nous suit l'aspect va l'effrayer.
Que de ses habitans les députés descendent:
Dites-leur qu'en ce lieu vos maîtres les attendent.
Ne nommez point Brennus; je veux que mon aspect
Les glaçant, tout-à-coup, de crainte et de respect,
Terrasse leur orgueil, et les force au silence,
Comme tous les Romains que frappe ma présence.

Deux messagers se détachent.

Ce temple, quel est-il?

CLÉOVÈSE.

                    Le refuge habité
Par la rébellion, qui lutte avec fierté.

BRENNUS.

Ardée à mes soldats ouvrira ce repaire,
Ou je la punirai d'un refus téméraire.

CLÉOVÈSE.

Seigneur, Ardée est forte, et son peuple est guerrier.

BRENNUS.

N'importe! sous mon joug Mars la fera ployer.
Je ne saurais souffrir que dans ses citadelles
Chaque jour se grossisse un parti de rebelles,
Par qui, derrière nous, quand nous serions partis,
Les fruits de mes travaux seraient anéantis.
Vois le seul Capitole, obstacle à ma conquête,
Compte depuis quel temps ce seul rocher m'arrête,
Tandis que de mes camps ce climat destructeur
De mon départ forcé menace la lenteur,
Que déjà mon armée, en repassant le fleuve,
Des souffles de l'automne a trop subi l'épreuve,
Et qu'enrichi des biens conquis sur tant d'États,
Par d'autres faits au loin je veux marquer mes pas.

CLÉOVÈSE.

Ainsi, peu fatigué des soins de cette guerre,
Votre main ne saurait déposer le tonnerre!
Pour le cœur d'un héros, comme vous sans loisir,
La douceur de la paix n'est donc pas un plaisir?
Poussé du noble feu qui toujours vous dévore,

Avoir vaincu, Seigneur, vous sert à vaincre encore,
Et de tant de travaux c'est donc là votre prix !

BRENNUS.

D'un nom dans l'avenir quiconque est bien épris
Sait qu'il faut de ses pas remplir la terre entière.
Assez long-temps la mort cache notre poussière,
Pour qu'il faille aux guerriers profiter des instans
Que laisse au moins la vie à leurs faits éclatans.
Nous sommeillons trop tôt dans la nuit éternelle :
Nos jours durent si peu ! la gloire est immortelle :
Et j'en sais trop le prix, si cher aux vrais héros
Pour le sacrifier aux langueurs du repos.
Chaque heure, qui s'enfuit, m'avertit que, peut-être,
N'ai-je pas assez fait pour qui sait la connaître.
Tant de siècles fameux, avant nous écoulés,
Me montrent des héros plus que moi signalés.
Du nord et du midi ces demi-dieux suprêmes,
Qu'étaient-ils, après tout ? mortels comme vous-mêmes.
Qu'ont fait nos grands aïeux, et l'Hercule gaulois,
Que traverser le monde et lui donner leurs lois !
Tous ont subi leur joug ; tous ont vu leur visage ;
Et les fils des cités ont redit leur passage.
Mortel comme eux, je puis comme eux m'éterniser.
Dans une lâche paix se laissaient-ils user ?
Non, marchant dans le jour, veillant dans les ténèbres,
Suivis des compagnons qu'ils ont rendus célèbres,
Ils consumaient leur ame en belliqueux travaux.
Je me dis, et les pris pour mes dignes rivaux.
J'étais né dans les camps : la nation celtique

Dont tout peuple a reçu son origine antique,
Tant de fois débordée en cent pays divers,
Déployait à grand bruit ses bras jusqu'aux deux mers :
Et tandis qu'une part touchait les monts Ryphées,
L'autre dans l'Ibérie élevait ses trophées *.
La guerre à ses récits m'enflammant chaque jour,
Au vaillant Sennonois j'en inspirai l'amour :
Rejeté d'une terre où la glèbe était lente,
Trop riche d'habitans, et de fruits indigente,
Des fertiles climats il goûta la douceur,
Et des pampres toscans l'enivrante liqueur :
C'en fut assez : ma voix, moins que l'ardent breuvage,
Des Alpes aux soldats aplanit le passage.
Ils virent l'Italie, où dix peuples guerriers
Fermaient à leurs besoins des guérêts nourriciers :
Moi, chef de légions à vaincre accoutumées,
Je parus; devant moi tombèrent leurs armées :
Les Romains sont vaincus; le bruit de leurs revers
Me suffit désormais à dompter l'univers.

CLÉOVÈSE.

Plein de si hauts projets, seigneur, vous le dirai-je ?
Faut-il les ralentir en provoquant un siége ?
Que vous fait cette ville échappée à nos mains ?

BRENNUS.

Je veux m'ouvrir ses murs tout peuplés de Romains.
D'ailleurs, tu me l'as dit, cette même retraite
Enferme Civilie à mes regards soustraite.
L'orgueilleuse à Brennus n'appartient-elle pas ?
Eh ! quel est l'insolent qui l'enlève à mes bras ?

---

* Historique.

Un Romain ! est-ce à moi de souffrir qu'il m'en prive ?
Doit-on impunément me ravir ma captive ?
Je la lui reprendrai, dussé-je en mon courroux
Au dernier de nos rangs lui choisir un époux.

CLÉOVÈSE.

Quand vous l'ordonnerez, la fière Civilie
Sera par vos vengeurs sans peine ressaisie,
Et vous la punirez d'une vaine rigueur.
Cette esclave est à vous par le droit du vainqueur,
Et de votre indulgence elle fit trop l'épreuve.

BRENNUS.

Son époux, dont mes lois la rendront bientôt veuve,
Par ma garde surpris est tombé dans mes mains :
L'effroi de son péril vaincra ses fiers dédains.
Sans doute un grand complot seul a pu le conduire
Dans ces derniers remparts que nous voulons détruire :
Ton roi, trop clairvoyant, ne saurait s'y tromper.
Mais je suspens le fer tout prêt à le frapper.
Apprends à Civilie un malheur qu'elle ignore.
Il faudra qu'à mes pieds elle tombe et m'implore.
Apprends-lui qu'un hasard, me livrant Pontius,
Semble annoncer qu'un Dieu condamne ses refus.
Cherche-la, trouve-la, parle, et fais-lui comprendre
Qu'elle se cache en vain à qui peut la reprendre,
Que seule, dans mes camps suppliant un vainqueur,
Elle peut à mon ame inspirer la douceur,
Que Pontius l'attend, l'appelle, et que ses larmes
Seront pour le sauver plus fortes que les armes.

J'entends des Ardéens venir les députés :
Va, cours, sers mes désirs : tu sais mes volontés.

Cléovèse s'éloigne.

SCÈNE II.

BRENNUS ENVIRONNÉ DE SES SOLDATS ARMÉS, **ERBATE** SUIVI DE **CAMILLE** ET D'UNE TROUPE DE SOLDATS ARDÉENS ET ROMAINS.

ERBATE.

Quel est donc, étrangers, cet appareil terrible
Qu'étale, autour des murs d'une cité paisible,
Le nombre de vos rangs dans nos plaines épars,
Qu'ont aperçu nos yeux du haut de nos remparts ?
Informez-nous pourquoi l'un de vos émissaires
Rend à nos soins prudens les armes nécessaires,
Et nous force, à regret, comme aux jours des combats,
A descendre vers vous, escortés de soldats ?
Que voulez-vous, Gaulois ? quel dessein vous amène ?
De quel droit, franchissant notre libre domaine,
Sous un sinistre aspect vous faites-vous revoir ?
Au nom de tout l'État nous venons le savoir.

BRENNUS ironiquement.

Quoi ? déjà notre vue excite vos alarmes !
S'étonne-t-on de voir les Gaulois sous les armes ?
Ne sont-ils pas guerriers ? doivent-ils sous vos yeux
En toge magistrale apparaître en ces lieux ?
Est-ce ainsi qu'auraient dû s'exposer sans défense
Ceux dont votre rencontre a surpris la vaillance,
Dans ce premier essai de vos inimitiés ?
Parlez, fiers citoyens !

ÉBATE.

S'ils furent châtiés
D'avoir sur nos confins mis un pied téméraire,
Leur sort d'un attentat fut le juste salaire.

BRENNUS.

Eh ! depuis quand, partout, des vainqueurs irrités
Ne poursuivraient-ils plus leurs captifs révoltés ?
Vous, chez qui les vaincus ont leur retraite ouverte,
Vous, qui de leur parti reculâtes la perte,
Vous attentez bien plus aux droits du conquérant !
Votre audace envers lui fut un crime plus grand.
Du prince des Gaulois admirez la clémence :
Brennus jusqu'à ce jour suspendit sa vengeance,
Et daigna même encor, pour maintenir la paix,
Vous offrir des traités qu'il révoque à jamais.
On sait dans ses débats s'il souffre une entremise :
On sait ce qu'il en coûte à qui se l'est permise :
On sait que, contre lui, Rome osa secourir
Clusium assiégée, et qu'il la fit périr.
En ouvrant aux vaincus ses portes et son temple,
Qu'Ardée, encor debout, frémisse à cet exemple.

CAMILLE.

Si l'on en croit ces mots, les superbes Gaulois
Aux Ardéens soumis n'ont qu'à dicter des lois :
Qu'ils courbent humblement leur tête obéissante !
Leur hospitalité n'est plus indépendante :
Leur ville est sans guerriers, qu'elle puisse opposer
Aux soldats de Brennus, s'il la veut embraser :
Tremblante à sa menace, il faut qu'à ses cohortes,

Sans siége, sans combats, elle livre ses portes ;
Elle doit lui remettre, à l'ombre d'un danger,
Ce reste des Romains qu'il espère égorger :
S'il ne se noie au sang qu'il brûle de répandre,
Ce magnanime roi va la réduire en cendre ;
Et comme au sein de Rome, un long assassinat
Scellera ses décrets du meurtre d'un sénat.

BRENNUS.

De cet audacieux réprimez le langage,
Ardéens ! ou sa mort en laverait l'outrage.
Quels pleurs méritent-ils ces fiers patriciens
Magistrats oppresseurs d'envieux plébéiens ?
Leur Romulus, des fruits d'un vaste brigandage,
En heureux fondateur, leur laissa l'héritage.
Leur vertu, qui n'était que la férocité,
Suscita le carnage en toute leur cité.
N'exposez point la vôtre aux suites des batailles.
Je somme le conseil qu'enferment vos murailles
De faire, en remettant leurs clefs entre nos mains,
Respecter les Gaulois, et chasser les Romains.

CAMILLE.

Cet arrogant discours, à souffrir difficile,
L'osez-vous bien tenir en face de Camille ?

BRENNUS.

Vous Camille !....

CAMILLE.

           Oui, Camille, et qui fera, je crois,
Respecter les Romains, et chasser les Gaulois.

BRENNUS.

Qu'entends-je ? à tant d'audace un rebelle s'emporte !...
A moi, nobles vengeurs !

CAMILLE.

A moi, vaillante escorte !

ERBATE se jetant entre eux.

Ah ! tous deux !... arrêtez !... Quel est votre projet ?...

BRENNUS.

Tout Romain, du vainqueur, n'est-il pas le sujet ?
Ne me puis-je saisir d'un coupable transfuge ?

ERBATE.

Détrompez-vous, seigneur : nos terres, son refuge,
Devinrent le pays dont il est citoyen,
Depuis que par la haine il fut banni du sien.
Camille n'est sujet ni de vous, ni d'un autre :
En quittant sa patrie il adopta la nôtre.
Ardée en lui protége un membre de l'État ;
Et ne pourrait sur lui souffrir un attentat,
Sans que, dans sa personne, éprouvant une offense,
A prix de tout son sang elle en prit la défense.

BRENNUS à Camille.

Ardéen ou Romain, qui que tu sois, je puis
Ignorer ton destin ; mais sache qui je suis :
Tremble devant Brennus.

CAMILLE.

Brennus !....

BRENNUS.

Ton fier courage

Frémit à mon seul nom de m'avoir fait outrage.

CAMILLE.

Oui, Brennus, je frémis.... mais d'horreur de te voir.

BRENNUS.

Loin de braver mon joug, songe à le recevoir.

CAMILLE.

Mon ame de tes fers n'est pas intimidée....
J'ai d'autres alliés que les enfans d'Ardée.

BRENNUS.

Quels sont-ils ?

CAMILLE.

    Tes forfaits.

BRENNUS.

                    Appelles-tu forfaits
Mes sévères rigueurs sur des brigands défaits ?
Lorsque de Clusium détournant la tempête,
Vous vous crûtes le droit d'arrêter ma conquête
C'est votre Fabien, aveugle ambassadeur *,
Qui du prompt incendie a soulevé l'ardeur.
D'un messager de paix quittant le caractère,
Pourquoi, le fer en main, provoqua-t-il la guerre ?
Il vous sied bien, à vous, de parler d'équité,
Romains ? qu'ai-je entrepris contre votre cité,
Que venger les malheurs des nations voisines ?
Rome dès son berceau courut à des rapines :
Albe, Véie, Ardée, et les Volsques encor,
Les Falisques par vous dépouillés de leur or,
Mille autres, dont vos mains ont partagé les terres,

* Historique.

Virent de vos soldats leurs enfans tributaires.
Vous les avez foulés sous un joug rigoureux :
Ce que je fis sur vous, vous l'avez fait sur eux.

CAMILLE.

Comparez moins nos faits à tout ce que vous fîtes.
Quand nos voisins jaloux attaquaient nos limites,
S'ils ont par nos exploits succombé justement,
Nos conquêtes sur eux n'étaient qu'un châtiment.
Quel crime vengiez-vous sur la douce Étrurie,
Quand la faim vous chassait d'une inculte patrie,
Quand du nectar vanté qu'ont mûri nos climats
Une soif sanguinaire altérait vos soldats ?
D'un sol qui vous nourrisse enviant le partage,
C'est peu de la victoire, il vous faut le carnage.

BRENNUS.

Aux besoins du soldat lorsque cède Brennus,
Est-il moins vertueux que votre Quirinus ?
Quand ce roi demi-dieu, le premier de vos maîtres,
Aux pâtres vagabonds, vos illustres ancêtres,
Voulut, sortant des bois par ses meurtres conquis,
Donner à leurs désirs des femmes et des fils,
Est-ce aussi l'équité qui de ses mains divines
Déploya le signal de l'hymen des Sabines ?
Comment de l'injustice êtes-vous tant émus,
Vous, qui déifiez le frère de Rémus ?
Quel titre fut le sien, sinon la violence ?
Du droit des grands États juge-t-on la naissance ?
Et faut-il des cités, en leurs commencemens,
D'un œil si scrupuleux sonder les fondemens ?

Si les temps en sont crus, dans vos champs de l'Ombrie,
Et vers la double mer de Tyrrhène et d'Adrie,
Nos Celtes ont régné, pères de vos Latins *;
Leur redemandons-nous compte de nos destins?
En vain du droit blessé, l'humanité murmure :
Une loi, que fonda l'immuable nature,
Livre tout à la force; et l'on a vu toujours
L'oiseau faible dans l'air être en proie aux vautours **.
Du premier de nos dieux jusqu'au dernier des hommes,
Tout cède au plus puissant, dans le monde où nous sommes.
Avant que nul secours délivre tes amis,
Eux et toi par le fer vous me serez soumis.
Qui vous défendrait ?

CAMILLE.

Rome.

BRENNUS.

Ah ! Rome, votre idole,

Est à jamais tombée....

CAMILLE.

Elle a son Capitole :
Elle a le souvenir des sénateurs mourans,
Tels que de vieux soldats enchaînés à leurs rangs ***.
Chacun de nous croit voir ce conseil immobile,
Que ne put ébranler la chute de la ville,
Tous ces vieillards conscrits, surveillans paternels,
Stables comme les dieux assis sur leurs autels,

* Historique.
** Traduction de Plutarque.
*** Historique.

Donnant d'une mort sainte un exemple aux profanes.
Ils forment désormais un grand sénat de mânes,
Qui disent aux vivans qu'exhorte encor leur voix :
« Mourez tous, comme nous, sur le siége des lois. »

BRENNUS.

Eh ! bien, de vos vertus héroïques victimes,
Vous suivrez aux enfers tous ces morts magnanimes,
Si Rome ne me vient, au prix de ses trésors,
Payer son Capitole, objet de vos transports.
Ses citoyens, qu'ici ma loi fera descendre,
Par leurs tributs, vous dis-je....

CAMILLE.

Eux ! ils viendraient se vendre !

BRENNUS.

Déjà par la famine ils tombent consumés.

CAMILLE.

Vesta les soutiendra, tant qu'ils seront armés.

BRENNUS.

Bientôt de son trépied nous éteindrons les flammes.

CAMILLE.

Le feu de la vertu s'éteint-il dans les ames ?

BRENNUS.

Quel zèle ne fléchit sous la nécessité ?

CAMILLE.

Va, la seule pour nous, c'est notre liberté.

BRENNUS.

Abjure, en te rendant, la fureur qui t'égare ;

Viens dans mon camp.

CAMILLE.

Plutôt, dans la nuit du Tartare.

BRENNUS.

Prétendre ailleurs me fuir....

CAMILLE.

Est-ce trop présumer ?

BRENNUS.

Mes yeux ouverts sur vous....

CAMILLE.

La mort peut les fermer.

BRENNUS.

La mort!...(à lui.) Ah ! je veux bien, au nom de votre ville,
Suspendant les effets de tout signal hostile,
Laisser vivre un guerrier que j'ai droit de punir :
Mais, vous tous, Ardéens, songez à le bannir ;
Que ses Romains et lui sortent de vos enceintes,
Ou bientôt, s'avançant au mépris de vos plaintes,
Mon armée assiéra ses camps autour de vous,
Et vous fera juger du pouvoir de mes coups.
J'ai dit ; obéissez.

Il se retire avec son escorte.

SCÈNE III.

CAMILLE, ERBATE, ARDÉENS ET ROMAINS.

CAMILLE.

O ! comble d'arrogance !
Amis ! votre Camille, altéré de vengeance,
En domptant sa fureur, pour épargner vos jours,
Croit avoir bien payé vos généreux secours.
Aux siens.
Allez de ses guerriers voir la marche et le nombre,
Et sachez de quels bois ses pas traversent l'ombre.
Erbate avec une part des soldats se retire à son ordre.
Que vois-je ?.... quelle horreur en tous vos sens émus,
Civilie ?

SCÈNE IV.

LES PRÉCÉDENS et CIVILIE échevelée et tremblante.

CIVILIE à Camille.

Ah ! livrons nos têtes à Brennus....
Plus d'espoir en nos maux, plus de terme à mes peines !
C'en est fait.... mon époux est tombé dans ses chaînes.

CAMILLE.

Comment ?

CIVILIE.

Au Capitole il avait pénétré :
Des Gaulois au retour les yeux l'ont rencontré;
Leurs gardes l'ont saisi.... Brennus en est le maître.
Ne vous l'a-t-il pas dit ?

CAMILLE.

          Non; un faux bruit, peut-être,
Dans votre ame troublée a pu jeter l'erreur.

CIVILIS.

Crois-en mon désespoir, mes craintes, ma fureur;
Du monstre déjà prêt à déchirer sa proie,
Un messager cruel m'a révélé la joie;
Le fer sur Pontius déjà même est levé....
Peut-être en ce moment le meurtre est achevé.
Eh! bien, Camille! eh! bien, vante, s'il t'est possible,
De ton respect des lois la rigueur inflexible!
Vante ce froid courage! use à délibérer
Le temps qu'à sauver Rome il fallait consacrer.
Nous perdons un héros qui l'aurait su défendre,
Moi, le plus cher mari, toi, l'ami le plus tendre!
Quoi? vingt mille exilés dont l'unanime voix,
Du rang de général t'honorait par leur choix,
L'offre de tout le sang d'une foule aguerrie
Ne te suffisaient pas à servir la patrie!
Ton scrupule, soumis au plus injuste arrêt,
Immole Pontius au besoin d'un décret!
Pourquoi, de ton sénat embrassant la vengeance,
N'as-tu pas par ta gloire aboli ta sentence?
N'osais-tu t'affranchir de ton bannissement
Par l'effort généreux d'un entier dévoûment?
Ah! toute dictature est un pouvoir suprême
Que produit le destin, qu'on ne doit qu'à soi-même,
Et qu'aux hommes jaloux d'un droit illimité
Leur seul péril arrache et non leur volonté.

Si nos communs dangers te le donnaient d'avance
Offensions-nous le peuple et sa libre puissance?
Mais que n'as-tu risqué le sublime attentat
D'être un coupable auteur du salut de l'État !
Tu serais innocent des nouveaux homicides
Commis par les vainqueurs, de notre sang avides :
Je ne te viendrais pas, victime de leurs coups,
Redemander en pleurs les jours de mon époux....
Ciel! il revit nos murs dont fume encor la cendre,
Pour qui? pour toi, cruel, qui ne peux me le rendre,
Pour toi qui, l'immolant à ton sévère orgueil,
Pousse un dernier soldat sur un dernier écueil.
S'il meurt, où gémira sa veuve infortunée?...
Affreuse alternative où je flotte entraînée!
Au péril de l'honneur dois-je revoir Brennus,
Ou perdre tout espoir de revoir Pontius?
Offrirai-je au cruel l'aspect de mes alarmes?...
Qui s'accoutume au sang est peu touché des larmes.

CAMILLE profondément émue.

Du sort de Pontius je n'ai point disposé :
Lui-même en sacrifice, hélas! s'est proposé.
Mais envoyez au camp où l'étranger l'arrête ;
En échange à Brennus faites offrir ma tête.
Pontius vous est cher, et je ne vous suis rien :
Sans doute que mon sang rachètera le sien.
Tous nos guerriers perdraient dans la mort d'un tel homme
Le secret qui, peut-être, eût sauvé notre Rome.
Revenu du sénat, j'augure que sa voix
Rapportait le secours de ses dernières lois :

Du nom de dictateur si l'État m'a cru digne,
Mourant, à mon ami mon pouvoir le résigne.

CIVILIE.

O grandeur !... Nos Romains, n'osez-vous les guider ?

CAMILLE.

Pour eux je puis combattre et non les commander.

CIVILIE.

Prenez sur vous le droit d'entrainer leur vaillance.

CAMILLE.

Peut-être le sénat m'en enjoint la défense :
Mal obéi, l'État serait perdu par moi.

CIVILIE.

Votre zèle....

CAMILLE.

Est captif.

CIVILIE.

Qui l'enchaine ?

CAMILLE.

La loi.

CIVILIE.

Eh bien !... je m'immolais à la foi conjugale,.....
Je m'immole au salut de ma ville natale.
Un dessein plus hardi m'est inspiré des cieux,.....
J'irai, j'irai ravir à ses fers odieux
Le digne messager qu'attendait votre zèle,
Des décrets du sénat interprète fidèle.

CAMILLE.

Vous!... faible, sans appui, vous porteriez vos pas
Parmi tout un concours d'armes et de soldats!...
Seule devant Brennus, sans être épouvantée.....

Civilie tire un poignard caché sur son sein et le montre.

Je t'entends.

CIVILIE *replaçant ce fer sur elle.*

Oui, partout je serai respectée.
Mais dût ma seule mort vous rendre un défenseur
Pour les fils du pays je me dévoue en sœur *
Victime volontaire et digne qu'on m'envie,
Une si belle fin vaut la plus belle vie!

CAMILLE.

O moitié d'un héros que nos mœurs ont formé,
J'applaudis à ce vœu par ton ame exprimé!
Je ne puis toutefois exciter, ni restreindre,
Un zèle si puissant, quand Rome a tout à craindre :
Reste ou pars, à ton gré.

CIVILIE.

Mon sort est résolu.
Je ne m'en plaindrai point et je l'aurai voulu.
Tu m'en laisses la gloire en m'en laissant l'arbitre.

CAMILLE.

O Romaine, en effet, bien digne de ce titre !

CIVILIE *aux Romains qui l'entourent.*

Mes frères! honorez ce vertueux banni,
Et réparez l'erreur d'un peuple trop puni.

* Historique.

Camille fut vainqueur, il pourra l'être encore,
S'il relève par vous nos murs que je déplore,
Songez, en y rentrant, qu'au péril de mes jours
J'acquis vos souvenirs, bien dus à mon secours !
Qu'on m'y dresse une tombe..... et de cyprès ornée,
Elle me tiendra lieu d'enfans et d'hyménée *.
Heureuse si l'honneur peut consoler les morts !
Adieu ! la paix du moins réside aux sombres bords ;
Et Brennus y verra descendre Civilie,
Plus pure que Lucrèce, et pareille à Clélie.
Adieu !

CAMILLE.

Gardons-nous tous d'outrager par nos pleurs
Cette victime offerte aux publiques douleurs.
Son langage élevé n'est plus d'une mortelle.
De la cité de Mars offrande solennelle,
Comme aux pompes d'un temple accompagnons ses pas,
Et jurons en nos cœurs de venger son trépas.

---

* Imitation d'Euripide.

FIN DU TROISIÈME ACTE.

ACTE QUATRIÈME.

SCÈNE I.

CAMILLE, seul.

O ciel ! à quel projet dois-je enfin recourir ?
La ville est dans l'effroi : Brennus va se l'ouvrir....
Deux légions déjà, vers ses murs avancées,
Consternent tous les yeux de leurs tentes dressées :
Si du reste des camps nous sommes investis,
Comment rejoindre aù loin nos différens partis ?...
Cachés aux lieux prochains, ils m'attendent encore.....
Mon cœur bat agité d'un feu qui le dévore.....
Le temps fuit... Pontius, que ton retour est lent !..
Auront-ils su fléchir leur ennemi sanglant ?
Pontius ! Civilie !... hélas ! tous deux, peut-être,
Chargés des mêmes fers ne pourront reparaître.....
Brennus de leur trépas a-t-il dicté l'arrêt ?
Oui, Rome, vainement j'attendrai ton décret :
Je ne connaîtrai point ta volonté dernière.....
Que sais-je ? est-ce un malheur ?... la faction altière
De qui l'aveuglement me résista toujours,
A pu faire au sénat rejeter mon secours.....
Ah ! j'aurais dû, moi seul, sauver ma république.
Mon respect de nos lois perd la cause publique.....
Non... quand par les revers l'État fut abattu,
Pour seule politique il n'eut que la vertu !

Suivons donc les leçons par nos aïeux données :
Ne laissons qu'à la loi régler nos destinées :
Et ne sortons enfin de la soumission,
Que s'il faut prévenir notre destruction :
Tout est permis alors.

SCÈNE II.

CAMILLE, CURION.

CAMILLE.

De quoi viens-tu m'instruire,

Curion ?

CURION.

C'en est fait ! le sort veut nous détruire.
Nos maux, déjà si grands, se sont encore accrus.

CAMILLE froidement.

Par notre fermeté nous serons secourus.
L'ame d'un nouveau poids ne peut être accablée,
Lorsque de la douleur la mesure est comblée :
La mort en est la fin. Que peut-on m'annoncer
Dont mon courage ému se laisse terrasser ?
Parle-donc ; apprends-moi que Pontius expire :
C'est là le dernier coup dont ma pitié soupire.

CURION.

Quels que soient les regrets que vous coûte un ami,
Vous gémirez bien plus du coup dont je gémi ;
Rome, échappée aux feux qui l'ont incendiée,
Rome, en son Capitole enfin réfugiée,

Rome qui, pour abri n'ayant que ce rocher,
Contre tous les assauts croyait s'y retrancher.....

CAMILLE.

Eh bien ? Achève.

CURION.

Eh bien, par les Gaulois pressée,
Rome de sa hauteur est presque renversée.

CAMILLE.

Que dis-tu ? les Gaulois !... Comment ? par quel effort
S'en seraient-ils frayé l'inaccessible abord ?
Le roc du Capitole, à couvert des alarmes,
Est ceint de hauts remparts hérissés par les armes :
Nul sentier n'y conduit, pratiqué des humains.....

CURION.

Pontius y monta par de secrets chemins :
De ses pas sur le sol quelques récens vestiges,
Les plantes dont ses mains inclinèrent les tiges,
Interrogés trop tôt par des yeux vigilans,
Ont soulevé, dit-on, les nombreux assaillans [*].
Brennus absent alors, un chef, sans plus attendre,
Vers le lieu révélé s'est hâté de se rendre :
Le barbare en son nom donnant ordre aux guerriers ;
»Nos ennemis vers eux nous guident les premiers :
»C'est par eux, a-t-il dit, que la route est ouverte,
»Marchons donc sur leur trace et consommons leur perte.»
Pour gravir sur le mont, sans qu'on pût s'en douter,
Du reste de la nuit il a su profiter ;

---

[*] Historique.

Et l'aube, au Capitole à peine survenue,
D'ennemis triomphans a vu fondre une nue.

CAMILLE.

O désastre! ô fureur! ô Rome! ô mon pays!....
Ton Capitole ouvert, c'est moi qui le trahis.....
O ma chère patrie! ô victime adorée!
Tombe sur moi le fer dont tu meurs déchirée!
Rappelé dans tes murs, mon nom, mon nom fatal,
Aura donc des Gaulois devancé le signal!
Toi-même, en expirant, accuseras peut-être
La haine d'un banni, que tu croiras un traître.

CURION.

Que devient ce cœur ferme, inébranlable au sort?

CAMILLE.

Ce dernier coup m'accable et me donne la mort.

CURION.

Vivez, pour réunir les troupes fugitives
De nos fils désolés, de nos mères plaintives :
Vivez pour détourner du cours de leur succès
Ceux qui du Capitole osent tenter l'accès.
Commandez sans scrupule, et marchons vers ses portes.
Vous en repousserez Brennus et ses cohortes.

CAMILLE.

Brennus!... oh! que j'aurais de joie à te punir!
Non, Brennus..... tu n'es pas où tu crois parvenir.....
Ah! nouveau Porsenna, fléau du Capitole,
Tremble..... je te ferai voir un autre Scévole;

Dût ce bras être en proie au brasier allumé,
S'il trahit le courroux dont je suis animé !

CURION.

Pour la mieux gouverner domptez votre furie.

CAMILLE avec un profond désespoir.

Eh ! n'entendez-vous pas crier notre patrie ?
Du sang qui lui restait on va verser les flots....
L'excès de ma pitié soulève mes sanglots.....
Je ne la verrai plus cette Rome si chère !...
Quel cœur ne prendrait part à ma douleur amère ?
On plaint dans son veuvage un époux isolé ;
On plaint d'un frère mort le frère désolé ;
On plaint un roi déchu qui pleure un diadême ;
Moi, je perds ma patrie, et c'est tout ce que j'aime !
Et ma patrie, hélas ! est pour moi qui la sers
Plus qu'un frère, une épouse, un sceptre et l'univers !
Descendons, vers Tullus, voir nos antiques races,
Le premier, j'irai dire à Coclès, aux Horaces,
Que nous préférons tous, aux enfers parvenus,
L'empire de Pluton à celui de Brennus :
Et des consuls, rangés sur les rivages sombres ,
Les mânes attendris accueilleront nos ombres.

CURION.

Sortez d'un désespoir qui trouble votre cœur....
Vous devez-vous du sort imputer la rigueur ?

SCÈNE III.

LES MÊMES, FOULE DE ROMAINS RÉFUGIÉS.

CURION.

Accourez ! accourez ! et consolons Camille !.....

CAMILLE.

Ne nous consolons plus : mourons sous notre ville.
Je ne suis qu'un banni condamné par ses lois ;
Nommez un autre chef et marchez aux Gaulois.
Que celui d'entre vous qu'élira votre estime
M'accepte pour soldat, et, s'il faut, pour victime.
Camille, dans le rang qu'on lui fera garder,
Sera fier d'obéir, comme de commander.
De la soumission qu'il puisse être un modèle
Aux guerriers qu'en tombant Rome invoque autour d'elle !
A la tête des rangs hasardés à périr,
Jetez moi sans regret ; je ne veux que mourir.
Souvent à des soldats, s'immolant pour leur gloire,
L'horreur d'être vaincus a donné la victoire.

CURION.

Ah ! reprenez l'espoir ! Tournez, tournez les yeux
Vers ce fidèle ami, renvoyé dans ces lieux.

SCÈNE IV.

LES PRÉCÉDENS, PONTIUS.

PONTIUS accourant plein de joie.

Camille est dictateur !

TOUS.

Dictateur !

PONTIUS avec véhémence.

C'est son titre.
Voilà de notre sort le souverain arbitre !
Le Capitole entier, d'un commun sentiment,
Répare ainsi l'arrêt de son bannissement *.

CAMILLE.

Se peut-il ?.... Pontius ! est-ce un dieu qui t'amène ?

PONTIUS.

L'aspect de Civilie a fait tomber ma chaîne ;
Brennus, croyant par-là séduire sa fierté,
M'a dès son premier mot rendu la liberté :
Mais tu connais cette ame et si noble et si forte,
Victime du devoir, ah ! peut-être, elle est morte ;
Et ne peut vivre aux mains de ce vil étranger
Chez qui la vertu même est le plus grand danger.
N'importe ! on t'a nommé pour venger notre injure ;
Tu soutiendras l'honneur de notre dictature ;
Il n'est nul sénateur, nul citoyen armé ,
Qui ne t'ait dans la foule avec nous proclamé.

---

* Historique.

CAMILLE.

De mon zèle éprouvé suprème récompense !
Coulez, coulez, ô pleurs de ma reconnaissance !
Embrasse, Pontius, un frère, un tendre ami....
Mais faut-il en ma joie oublier l'ennemi ?
Sais-tu les coups qu'il porte à l'Etat qui me nomme ?
Rome en vain m'a choisi, si déjà n'est plus Rome.

PONTIUS.

Va, va, du Latium le sanctuaire est sûr.
Le dieu Mars règne encore au haut du vaste mur
Qu'avait crû surmonter une troupe fatale,
Sur ma trace atteignant la porte Carmentale.
Rôme a chez les Gaulois renvoyé la terreur :
On publie en leur camp ce choc rempli d'horreur.
Du front de nos rochers long-temps inacessibles,
Ces brigands, renversés par des bras invincibles,
Roulaient sur leurs vengeurs précipités comme eux.
Manlius a paru : jamais coups si fameux *
N'ont égalé, dit-on, ceux qu'a portés sa rage.
Là du nombre partout triomphe le courage,
Là, fermant le chemin du mont et des remparts,
Tout Romain est Coclès, et Manlius est Mars.
L'aspérité des rocs, le fond des précipices,
De tous ceux qui tombaient variant les supplices,
Ont fait de mille morts un spectacle hideux
Qui protége nos murs et s'étale autour d'eux.
Le Gaulois se raconte en sa folle épouvante,
Qu'on aperçut dans l'air notre aigle menaçante

_____
* Historique.

Planer sur Manlius, et même lui porter
Un feu que par sa main leur lança Jupiter.
Telles sont de leur camp les nouvelles propices.

CAMILLE.

Recevons, publions en fortunés auspices,
Ces fables que la peur ajoute aux vérités !
Dispersons les Gaulois par la crainte agités ;
Hâtons-nous !

PONTIUS.

Ton génie est la seule espérance
Sur qui notre cité fonde quelque assurance.
L'État n'est plus qu'un corps prêt à se consumer,
Que ton feu belliqueux peut lui seul ranimer.
Hélas ! j'en ai revu le déplorable reste.
Pour les yeux d'un Romain, ô spectacle funeste !
Du Capitole à peine ai-je atteint les créneaux,
Que, reconnu d'un garde aux lueurs des flambeaux,
Je suis au sein du temple introduit par deux guides.
Là, veillent rassemblés des fantômes livides,
Dont les traits sont éteints, et les yeux enflammés :
C'était nos sénateurs, demi-nus, affamés,
Qui de nos citoyens, non moins pâles qu'eux-mêmes,
Soutenaient la vertu par leurs vertus suprêmes.
Des bancs vides entre eux frappent mes yeux surpris ;
Et là, de tous nos morts siégent les noms écrits.
A ce touchant aspect, interdit, je l'avoue,
De douleur consterné, tout mon courage échoue.
J'avais pu traverser sans crainte et dans la nuit,
Tout le camp des Gaulois plein d'horreur et de bruit ;
Et n'ai pu contempler l'auguste caractère ,

Ni de tant de grandeur, ni de tant de misère !
Tout me prêta silence ; et les pleurs par trois fois
Devant mes auditeurs étouffèrent ma voix.
  « Camille, dis-je enfin, est auprès de la ville.... »
Soudain, peuple et sénat, se levant pour Camille,
Ont porté jusqu'au ciel leur acclamation,
Et de la dictature ont couronné ton nom.
  « Dis à ce demi-dieu d'exaucer nos prières !
  » S'écriaient à genoux des familles entières.
  » Qu'il fasse, me disaient les soldats mutilés,
  » Payer tout notre sang aux Gaulois immolés !
  » Dis-lui bien, ajoutaient nos magistrats en larmes,
  » Les noms des sénateurs qu'on égorgea sans armes. »
Et par de tels adieux pressé dans mon départ,
A la foule arraché, suivi jusqu'au rempart,
Je semblais, en ma course, être leur providence,
Emportant leurs destins remis à ta prudence.

CAMILLE.

Oui, tu l'es, Pontius ! et ta vie ou ta mort,
Jusques à ton retour décidait de leur sort.
Maintenant que chargé de tout ce qui les touche,
J'ai reçu leurs décrets exprimés par ta bouche,
C'est à moi, c'est à nous d'accomplir leur destin,
Et de délivrer Rome, et ton épouse enfin.
Oui, Romains, la lui rendre est un devoir encore.
Je tiens d'elle et de lui l'honneur qui me décore ;
Et vous lui devez tous le décret de l'État.
Amis ! je vous offrais de mourir en soldat ;
Désormais dictateur, je deviens un autre homme ;
Je ne veux plus mourir, mais vaincre et sauver Rome.

5

Quel que soit mon devoir, je ne le puis trahir.
Prêt à vous commander comme à vous obéir,
Chef, de vous je réclame autant d'ardeur fidèle,
Que soldat, en vos rangs, je vous promis de zèle.
J'épargnerai mon sang, qui brûlait de couler,
Pour mieux voir des Gaulois tout le sang ruisseler.
Animé du projet d'abattre un roi barbare,
Prodigue de mes soins et de mes jours avare,
Je jure, non de vivre après l'État détruit,
Mais d'entrer le dernier dans l'éternelle nuit.
Erbate vient à nous.

SCÈNE V.

Les précédens, ERBATE et quelques chefs ardéens.

ERBATE à Camille.

Allié magnanime,
Je gémis d'ajouter au malheur qui t'opprime;
Mais Ardée, en ses murs déjà pleins de rumeurs,
Contre notre union pousse mille clameurs.
L'approche du Gaulois et son nouveau message
Font de nos magistrats chanceler le courage.
Tu sais que dans nos champs, s'avançant à grands pas,
Brennus, qui reparaît, marche avec ses soldats?

CAMILLE froidement.

Je sais tout : et mes soins, de crainte de surprise,
Ont d'avance éclairé la route qu'il a prise.

Lui-même, ainsi hâtant l'heure de nous venger,
De l'aller joindre au loin m'épargne le danger.
Que craint-on ?

ERBATE.

      Ah ! Seigneur ! que ne puis-je me taire !
Mais il faut malgré moi m'expliquer sans mystère.
L'appareil menaçant, prêt à se déployer,
Soulève tout un peuple enclin à s'effrayer.
Vous vîtes que, traitant vos citoyens en frères,
Ce peuple jusqu'au bout partagea leurs misères :
Et si vos justes cœurs gardent ce souvenir,
Il nous préservera d'un reproche à venir.
Mais le péril pressant consterne les familles.
Nos pères éplorés, nos épouses, nos filles,
Veulent que du destin subissant la rigueur,
Nous sauvions la cité des armes du vainqueur.
Au nom de nos foyers, de nos dieux domestiques,
Mille voix s'élevant dans les places publiques,
Ont obligé les chefs, quelque temps incertains,
A souscrire au décret qui bannit les Romains.

PONTIUS, après un moment de silence.

Juste ciel ! quel est donc notre sort déplorable,
Si de toute amitié rompant le nœud durable,
Il force votre ville et l'hospitalité
A nous abandonner à notre adversité !
Vos femmes, dites-vous, vos filles consternées,
Tremblantes de subir nos tristes destinées,
Séparent nos Romains d'avec vos habitans.
Mais ceux que vous chassez sont-ils tous combattans ?

Nos familles, à nous, et nos vieillards transfuges,
Sortis de vos foyers, quels seront leurs refuges?....
Errez, faibles troupeaux, en victimes des dieux!
Venez, que l'on vous traîne en des rangs furieux!
Mères, femmes, bravez la nuit, l'air et l'orage;
Allaitez vos enfans au milieu du carnage:
Et que le monde apprenne, au cri de vos douleurs,
Ce que Mars aux cités fait répandre de pleurs!
Mais toi, sans nous parler, tu restes immobile.....
Sur ce dernier malheur, que pense donc Camille?

CAMILLE *d'un ton mâle et prophétique.*

Je ne me suis tenu calme et silencieux
Que pour mieux lire enfin dans les décrets des cieux.
Croyez-en Jupiter et le chef qu'il vous nomme,
En nous chassant d'Ardée, il nous renvoie à Rome;
Et veut, en nous montrant des murs partout fermés,
Qu'en nos propres foyers nous rentrions armés!
Vous ôtant tout asile, il vous force à la gloire;
Marchez! et n'habitons qu'au sein de la victoire!

ERBATE.

Je lis de tes succès le présage en tes yeux;
D'un tendre embrassement honore nos adieux.

CAMILLE.

A vos concitoyens, qui prirent ma défense,
Dites que leur décret n'a rien qui nous offense.
Tous nos cœurs sont touchés de votre long effort.

ERBATE.

N'imputez votre exil qu'aux dures lois du sort.

Il se retire.

PONTIUS à Camille.

Après ce que j'ai fait, tremblant pour Civilie,
Emploie à la sauver le reste de ma vie.

CAMILLE.

Rejoins-la chez Brennus : et, pour mieux l'abuser
Sur tous nos mouvemens que je veux déguiser,
Dis-lui qu'en nous chassant, cette ville alarmée
Nous réduit à nous rendre au sein de son armée.
Oui, nous nous y rendrons, mais pour l'exterminer.
Que sa garde surtout n'ait rien à soupçonner :
Des hommes, des apprêts, que l'immense assemblage
Trouve dans notre exil prétexte à son passage :
Ne formez point de rangs ; sans ordre et tout en pleurs,
Couvrez l'hostilité sous l'aspect des douleurs :
Cachez votre courroux et laissez voir vos larmes :
En de longs vêtemens enveloppez vos armes :
De vos femmes suivis, vos enfans dans les bras,
Ne paraissez que fuir en courant aux combats :
Rampez dans les rochers, dans le creux des ravines ;
Et nous nous rallirons sous les forêts voisines,
Où nous ont devancés vingt mille citoyens.
Je sais de l'ennemi le nombre et les moyens ;
Je sais par quels chemins j'investirai l'armée
Que Brennus sur ce bord en deux parts a semée ;
Quels sont des bois, des rocs, les accès inconnus :
Mais au champ du combat à peine survenus,
Alors, nulle pitié de la horde effroyable
Dont le chef se montra pour nous impitoyable !

Ne pensez qu'à nos morts qui ne sont pas vengés :
Egorgez les brigands qui les ont égorgés :
Pour châtier leur rage égalez leur furie :
Rendez-leur tous les coups portés à la patrie :
Frappez, immolez tout : les crimes abattus
Apprendront à frémir du courroux des vertus.

FIN DU QUATRIÈME ACTE.

ACTE CINQUIÈME.

SCÈNE I.

Au lever de la toile, on voit les soldats gaulois rangés autour de fortes balances sur un côté de la scène, les députés romains et le tribun Sulpitius, des vases remplis d'or et de présens, et le cortége des captives romaines à la tête duquel est placée Civille.

CIVILIE, CLÉOVÈSE et des soldats gaulois.

CLÉOVÈSE.

Quittez devant Brennus cet orgueil courroucé,
Vous voyez qu'il triomphe et Camille est chassé.
Ces députés romains, qui gardent le silence,
Viennent de leurs trésors charger notre balance.
Tout cède : ce tribun, nommé Sulpitius *,
Vient racheter l'asile assiégé par Brennus.
Commis par son sénat à porter la parole,
Il nous suit, escorté des chefs du Capitole.
Brennus marche en vainqueur, les jeux suivent ses pas ;
Et sa sécurité ne craint plus les combats.
Lui-même a commandé qu'au rang des prisonnières
Qui parent son cortége en ses courses guerrières,

* Historique.

Vous vinssiez à leur tête, au milieu des Romains
Chargés des nouveaux dons que lui portent leurs mains ;
Mais, trop chère au vainqueur, la belle Civilie
Peut changer d'un regard le sort qui l'humilie.

CIVILIE avec dignité.

Tu m'apprends que tes rois, cruels aux nations,
Ont de leurs vils sujets toutes les passions,
Que leurs fameux exploits, en spectacle à la terre,
N'ont pour but que le vol, le rapt et l'adultère ;
Et tandis qu'en leurs camps on s'égorge autour d'eux,
Qu'un loisir reste encore à leurs penchans honteux.
Laisse, laisse en repos Civilie et ses frères.

CLÉOVÈSE.

Vos sentimens hautains accroîtront vos misères.

SCÈNE II.

CIVILIE ENVIRONNÉE DES MESSAGERS ROMAINS ET DES CAPTIVES
ROMAINES.

CIVILIE.

Pour les filles de Rome, ô sort injurieux !
Ne les regardez pas, ombres de nos aïeux ;
Vous en rougiriez trop..... les avez-vous fait naître
Pour suivre nos tribuns courbés aux pieds d'un maître ?
Quel déplorable aspect désolé ici mon cœur !
Un grand peuple captif, cortége du vainqueur !
Un État en ruine aux genoux d'un superbe
Qui mit ses murs en poudre et ses temples sous l'herbe !
Des veuves dont le deuil est de fleurs couronné

Pour flatter les regards d'un brigand effréné !
De plaintives beautés qu'enchaînent des guirlandes !....
Et qui n'ont que des pleurs à donner pour offrandes !....
Moi-même, où suis-je, hélas ? que vais-je devenir ?....
Ciel ! qui de mon époux voulus me désunir,
Dis-moi quel est son sort, s'il a revu Camille,
Si leur fier dévoûment n'est qu'un effort stérile....
Dis-moi ce que Brennus va résoudre de moi.....
D'où vient qu'il affecta de calmer mon effroi ?
Et comment se fait-il qu'en sa course homicide,
Un cruel, qui sans cesse au carnage préside,
Mêle un soin de séduire aux travaux meurtriers ?
Quels sont donc de ces cœurs les caprices altiers,
S'ils prétendent, noircis d'un sanglant caractère,
A l'orgueil d'effrayer joindre l'orgueil de plaire ?
Mais qui s'offre à mes yeux ?

SCÈNE III.

CIVILIE, PONTIUS et les mêmes.

CIVILIE.

Qui ? toi, cher Pontius !

PONTIUS.

Moi-même, par Camille envoyé vers Brennus.

CIVILIE.

O ciel ! je te revois, cher objet de tendresse.....
Mais la crainte en mon cœur étouffe l'allégresse !
Quel est donc notre sort, et l'excès de nos maux !
Viens-tu livrer ici ta tête à nos bourreaux ?
J'avais sauvé ta vie ; et dans mon esclavage,
Ta sûreté du moins soutenait mon courage ....

PONTIUS à voix basse.

Ne le perds point; et vous, prenez tous quelque espoir.

Plusieurs Romains se groupent autour de lui.

L'oppresseur, que j'ai vu, m'autorise à te voir :
Croirais-tu que ce monstre, abusant de sa force,
Prescrit à notre amour un douloureux divorce ?
Sans pudeur, sans respect des nœuds qu'il veut souiller,
Il charge ton époux de te le conseiller !....
Je lui viens d'annoncer qu'en son malheur extrême,
Camille de son camp se rapproche lui-même,
Que, repoussé d'Ardée, il borne ses souhaits
A conclure pour nous une éternelle paix,
Et qu'il ramène à lui nos familles craintives
Et nos tristes amis rassemblés sur nos rives.

CIVILIE.

Camille traiterait avec cet inhumain !

PONTIUS.

Ah ! s'il traite avec lui, c'est le fer à la main !
Sachez tout.

Le groupe se rapproche de Pontius.

      Les Gaulois, sans ordre en leur passage,
Du Tibre derrière eux laissent tout le rivage ;
Il fond sur leur grand corps en trois parts divisé ;
A cette heure, il triomphe, ou périt écrasé.

CIVILIE.

Que nous révèles-tu ? Dieux ! soyez-nous prospères !
Pour vaincre a-t-il assez du nombre de nos frères ?

PONTIUS.

De jeunes Ardéens un renfort belliqueux
En a grossi l'armée et combat avec eux.

CIVILIE.

Grande Thémis ! pour qui se livrent nos batailles,
N'ajoute point leur perte à tant de funérailles !
Si Camille périt en portant ces grands coups,
Avec lui tout succombe, et c'en est fait de nous !

PONTIUS.

N'en doute point ; sa mort est l'arrêt de la nôtre :
Plus d'abri que sa gloire ; il n'en est plus un autre.
Ce qui reste de Rome, enfans, femmes, vieillards,
Marche autour du héros et suit tout ses hasards...
On eût dit, à les voir aux portes des murailles,
Que cette ville en pleurs, déchirant ses entrailles,
De ses propres enfans s'arrachait la moitié,
Tant les cris, les sanglots signalaient sa pitié !
Et les touchans adieux de cette multitude
Joignent leur triste image à mon inquiétude.

CIVILIE.

Espérons, espérons en notre défenseur....
Mais on accourt.... j'entends notre indigne oppresseur....
Taisons-nous.

PONTIUS.

De Brennus supportons l'insolence ;
Oui, soyez tous muets : cachons notre espérance.

SCÈNE IV.

**BRENNUS, CIVILIE, PONTIUS, députés, captifs, chefs
et soldats gaulois, en très-petit nombre.**

BRENNUS aux envoyés de Rome.

Eh bien ! séditieux, êtes-vous revenus
De la présomption de repousser Brennus ?
Doutez-vous qu'à son gré, si votre orgueil l'irrite,
Du rocher tarpéien il ne vous précipite ?
Répondez : pensez-vous qu'après tous mes exploits
Votre Mars vous dérobe à l'Hercule gaulois ?
Sa massue eût demain écrasé votre tête
Si.... Mais ne craignez plus : ma justice l'arrête.
C'est peu : je vous pardonne, et suis loin d'abuser
Du titre du plus fort qui peut m'autoriser.
Je ne prétends non plus, fatal à mes captives,
Faire un partage affreux des Romaines plaintives :
Mais je veux une épouse et préfère en mon choix
Une fille du Tibre à la race des rois.
On sait que, dans la Gaule, au conseil des druides,
Siégent parmi nos chefs des femmes intrépides,
Et comme, par les lois des neveux de Tullus,
Sans crime vos hymens peuvent être rompus ;
Arbitre de vos nœuds, mon pouvoir les délie :
Et pour vous honorer, je prendrai Civilie ;
Vos trésors sont sa dot.

CIVILIE.

Brennus, ah ! connais-moi :

Ton pouvoir ne m'est pas si sacré que ma foi.
Le sort des Porsenna, des Tarquin, tes semblables,
De tous leurs droits divins nous démentit les fables.
Les mortels à tes vœux cèdent de toutes parts :
Tout fléchit sous Brennus, sénats, peuples, remparts :
Apprends de Civilie, étranger sanguinaire,
Qu'au fond d'un libre cœur il est un sanctuaire
Dont tu n'es pas le maître, et qu'en te résistant
De son noble péril ce cœur même est content,
Qu'il jouit de sentir sa vertu te confondre,
Et que de t'échapper il ose se répondre.
Ne présume donc pas m'ériger en honneur
Le rang que m'offre ici ton amour suborneur.

BRENNUS.

Ta réponse, où respire une insolente audace,
De ton mari coupable a révoqué la grace.
Tu sais quel châtiment son crime a mérité :
N'espère point jouir de son impunité.
Sa mort de votre hymen hâtera la rupture.

PONTIUS.

La mort est pour nous deux préférable au parjure.
Qui? moi! le lui dicter... Ah! viens, viens te flétrir
D'un crime de plus : frappe.

CIVILIE se jetant au-devant des soldats et donnant son poignard à Pontius.

                          Oui, nous saurons mourir :
Mais ce fer, dont ma main arme à tes yeux la sienne,
Est maître de sa vie ainsi que de la mienne,
Et va dans nos deux cœurs porter des coups certains.
C'est aux Dieux, non à toi, de trancher nos destins.

BRENNUS.

Triste objet de pitié pour le roi que tu braves,
Tu languiras vivante au rang de mes esclaves.
                    Aux Romains.

Mais vous tous....

SCÈNE V.

LES PRÉCÉDENS ET CLÉOVÈSE.

CLÉOVÈSE *s'approchant de Brennus et lui parlant à voix basse.*
              Excusez un abord indiscret,
Seigneur!.... prêtez l'oreille à mon rapport secret.

BRENNUS.

Quel motif si pressant?....

CLÉOVÈSE.
                    Que mon maître m'écoute.

BRENNUS *le tirant à l'écart.*

Eh bien, parle.
              CLÉOVÈSE *à voix basse.*
              Attaqués sur une triple route,
Nos grands corps désunis sont à cette heure aux mains.

BRENNUS.

Avec quels ennemis?
              CLÉOVÈSE.
              Avec des chefs romains,
Que peut-être ont suivis les transfuges d'Ardée.

BRENNUS.

Non, Camille a quitté leur ville intimidée;
Mais pour se rendre à moi; tout fléchit : je l'attends.

CLÉOVÈSE plus confidentiellement à Brennus, tandis que les personnages
intéressés les examinent et tâchent de surprendre leurs paroles.

L'air au loin retentit des cris des combattans.
Un Gaulois, blessé même, échappant au carnage,
M'est venu d'un revers porter le témoignage.

BRENNUS d'un ton mêlé d'incertitude et de colère.

Oh! s'il est vrai, s'il faut renouveler mes coups,
Rebelles habitans! je vous immole tous.....
Un revers! d'où part-il? non..... qui pourrait y croire?

CIVILIE à part à Pontius.

Brennus pâlit; regarde.

PONTIUS bas à Civilie.

Aurions-nous la victoire?

BRENNUS avec égarement et impétuosité.

Achevons avec eux... (aux Romains.) Qu'attendez-vous encor?
Payez le Capitole au prix de tout votre or.....

A soi-même.

Mon armée est trop forte.... et sa perte.... impossible.

A Cléovèse.

Détache de ma garde un renfort invincible.....
Va, vole..... Ah! nos secours sont-ils donc si pressés?
Demeure... Ils me verront... la mort aux insensés
Dont l'audace espéra, pour troubler mon passage,
Sur nos sécurités prendre un faible avantage!...

Aux députés de Rome.

Et vous, obéissez à mes vœux absolus,
Romains!... comptez votre or, et versez vos tributs:
Allons, et si par vous ma balance est trompée,
J'y mets un juste poids.

PONTIUS.

Et lequel ?

BRENNUS.

Mon épée *.
Ce fer la penchera du côté de Brennus.

PONTIUS.

Nos lois.....

BRENNUS.

Là loi du monde est malheur aux vaincus ** !...
Quel bruit d'armes ! Eh quoi ? quelle troupe insolente
Sans mon commandement devant moi se présente ?

SCÈNE VI.

Les députés de Rome s'écartent avec respect devant le dictateur qui paraît au moment où Pontius l'annonce.

Les préteurs, CAMILLE, troupe de soldats armés.

PONTIUS.

Oui, c'est lui ! c'est Camille !

CAMILLE *s'avançant avec impétuosité vers Brennus.*

Envers mes ennemis,
Brennus, suis-je infidèle à ce que j'ai promis ?
J'annonçai qu'en ton camp j'étais prêt à me rendre :
M'y voici. Mais vous tous, qui vous y fait descendre ?

* Historique.
** Idem.

Quels dons apportez-vous? prenez, soldats romains,
Ces offrandes, cet or, que je livre à vos mains.

BRENNUS.

Insensé!... de quel droit osant parler en maître?...

CAMILLE.

Tu vas juger ici qui de nous le doit être,
Et pour qui dans ces lieux l'orage est menaçant.

BRENNUS.

Sors, téméraire! laisse un peuple obéissant
Acquérir de Brennus la paix du Capitole.....

CAMILLE.

Eh! qui l'en a chargé, si j'en crois ta parole?
Rome ne peut traiter que par son dictateur *.
Nommé par le sénat son seul dominateur,
Seul, je traite pour elle!

BRENNUS.

                    Eh bien! nouvel otage,
Rachète, au prix de l'or, Rome de l'esclavage.

CAMILLE.

Rome, de ses vainqueurs instruite à triompher,
Ne se rachète point par l'or, mais par le fer **.

BRENNUS.

Gardes! après l'outrage échappé de sa bouche.....

CAMILLE à son escorte.

Romains! environnez ce destructeur farouche.....

* Historique.
** Idem.

82   **CAMILLE.**

Aux Gaulois.

Et vous, cédez au nombre..... il n'a plus de soldats....

A Brennus.

Va voir le sang des tiens versé dans trois combats.

BRENNUS.

Qu'entends-je ?

CAMILLE.

Ils ont fini leur horrible carrière.

BRENNUS.

Mes soldats !

CAMILLE.

Oui, te dis—je, ont mordu la poussière.

BRENNUS.

Que dit—il ?...

CAMILLE.

Si les vents, chargés de cris d'effroi,
N'en ont pas apporté quelque avis jusqu'à toi,
Tu dois d'un si grand coup ignorer les nouvelles.
Tes courriers, égorgés par nos vengeurs fidèles,
Ont vu partout la mort leur fermer les chemins.
Tigre sanglant, rugis !... te voilà dans nos mains.

BRENNUS.

O rage !...

CAMILLE.

Sans prévoir notre attaque fatale,
Tu traînais ton armée en suite triomphale.
Tes troupeaux de Gaulois, qu'épiaient nos vaincus,
Ivres, semblaient courir aux pompes de Bacchus,
Désordonnés, joyeux, et comme au sein des fêtes,

Ils venaient au devant des Parques toutes prêtes.
Je m'avançais sans bruit, et prompts à m'obéir,
Tous étouffant leurs voix de peur de se trahir,
Sans qu'une plainte, un souffle, exprimât leur souffrance,
Sur ma trace glissaient dans un sombre silence ;
Les femmes à l'écart tremblaient de soupirer ;
Les enfans dans leur sein n'osaient même pleurer ;
Mon signal a rompu ce silence terrible :
Un ravin au combat ouvre un espace horrible :
Tes bataillons, percés de front et de côtés,
Se sont vus par le fer tour à tour arrêtés.
Dans trois combats, jadis, l'aîné des fiers Horaces,
En divisant leurs pas, vainquit les Curiaces :
Telle une armée entière est tombée en trois parts.
Amis, Rome est debout ! honneur aux fils de Mars.

BRENNUS.

L'enfer en ce désastre est mon dernier asile.

CIVILIE.

Bénissons, couronnons le dieu de notre ville,
Le bouclier de tous, le rempart des Romains.

BRENNUS.

Achève, et dans mon sang plonge encore tes mains.
Puisqu'enfin par tes dieux ma fortune est trahie,
Use donc de la tienne, et m'arrache la vie :
J'aurai plus d'un vengeur de mon adversité.
Si tu n'en crois l'augure à ma fureur dicté,
Les nombreux fils du Nord reviendront t'en convaincre.
Quel autre abri contre eux auras-tu ?

CAMILLE.

                                    L'art de vaincre;

Et si je les revois paraître en mes vieux ans,
Quelques lauriers nouveaux ceindront mes cheveux blancs [*].
Va, j'épargne à ta tête une juste poursuite;
Vis, Brennus, pour subir l'opprobre de ta fuite :
Tes yeux sur ton chemin ne verront que des morts.

Brennus se retire et les Romains font un mouvement hostile que Camille arrête.

Laissez, laissez sa gloire errer loin de nos bords;
Qu'en exemple éternel, chez les peuples sauvages,
Il montre à ses pareils les fruits de ses ravages.
Et nous, au Capitole, allons, victorieux,
Rasseoir la liberté, notre ville et ses dieux !
Triomphe, ô mon pays ! sors, sors de tes ruines !
Puisque tant de rivaux de tes grandeurs divines
Ont voulu par la guerre étouffer tes destins,
Par la guerre, sur eux, élargis tes confins !
Enfans de Quirinus! ne quittez plus ses traces :
Aigles ! faisceaux ! licteurs! annoncez nos menaces :
Et qu'aux deux bouts du monde, à nos armes soumis,
On cherche en vain, un jour, où sont nos ennemis !
Mais si l'aveugle Mars nous entraine à des crimes,
Que mes concitoyens n'en soient plus les victimes;
Que sur moi, sur moi seul, grandes divinités,
Retombe tout le poids de leurs iniquités [**] !
Oui, dieux de la patrie! au peuple, à son armée,
Immolez, s'il le faut, jusqu'à ma renommée.

[*] Historique.
[**] Idem.

PONTIUS.

Rival de Romulus, vaillant libérateur,
Sois nommé de nos murs le second fondateur * !
Rome, pour son salut n'avait plus qu'un seul homme.
Rome n'était plus elle ; et Camille était Rome.

* Historique.

FIN DU DERNIER ACTE.

LETTRE

DE L'AUTEUR DE CAMILLE AU JOURNAL DE
L'OPINION.

Paris, 8 Décembre 1825.

QUELLE durée dans les vicissitudes qu'a subies le destin de
mon *Camille!* Unanimement reçu par le comité du premier
Théâtre-Français en 1811, proscrit par la censure du gouvernement en 1812, postérieurement trois fois en vain mis à l'é-
tude de la rue de Richelieu, de-là réfugié au second théâtre
de l'Odéon, et n'y apparaissant que pour être démonté dans
une espèce de guêpier, par un essaim de cabaleurs! Tel est
pourtant son sort.

Plusieurs journaux, en annonçant que je l'avais retiré du
théâtre après la première représentation, m'ont loué mali-
gnement de m'être montré plus sévère pour ma tragédie que
ne l'avaient été mes juges; ils ont eu la bonté de déclarer que
cette *modeste résolution* me garantissait de leurs critiques :
mais quel que soit l'inconvénient de ma franchise, je ne me
pare point des qualités que je n'ai pas; il m'importe de révéler
à l'*Opinion* les véritables motifs qui ont suggéré ma démarche,
et de prouver qu'un sentiment de dignité plus raisonnable m'a
contraint à me priver de la récompense de mon travail.

La représentation de *Camille* ayant été, comme toutes les
premières des pièces que je donne, violemment troublée par
des causes accidentelles étrangères à l'ouvrage, mais soutenue
jusqu'à la fin par l'attention et la bienveillance du plus grand

nombre des spectateurs, je n'avais aucun intérêt d'infirmer leurs suffrages, qu'ils m'ont honorablement signalés en demandant mon nom. Si la pièce fût tombée, la retirer dès le soir même, c'eût été faire ostentation d'une feinte modestie, qui ne me paraît que l'hypocrisie de l'amour-propre. Je n'ai donc agi ni par cette humble résignation, ni par une noble rigueur envers moi-même, mais par un juste dédain des coteries perturbatrices et grossières contre lesquelles j'aurais eu honte de réagir par ma persévérance. Elle eût réduit l'administration du théâtre à la nécessité de se défendre de leur odieuse conduite, et leur acharnement pouvait susciter des désordres scandaleux. Voilà ce que j'ai dû prévenir, et je l'ai fait par ma retraite. Je devais encore ménager le directeur de l'Odéon, dont le zèle méritait particulièrement mes égards, quoiqu'il ait été infructueux pour moi et nuisible pour lui. Les retards successivement apportés durant deux mois à la mise en scène de *Camille*, le chagrin de tromper l'attente du public en reculant de semaine en semaine cette tragédie long-temps affichée, l'irrégularité des répétitions négligées ou suspendues, la crainte de ne pouvoir plus profiter du temps prescrit au dernier service de Joanny à son théâtre, le désir de dissiper les bruits insidieux qui lui imputaient une sorte de coopération à la ruine de la concurrence tragique ; enfin, la bonne volonté de me tirer moi-même de mille fastidieux tracas, l'ont déterminé à tenter un double effort de mémoire et d'activité pour jouer le rôle de Brennus, qu'il avait appris en trois jours. Son inhabitude du cothurne m'eût paru seule fournir un prétexte au tumulte de la représentation, si des propos menaçans et d'un très-fâcheux augure n'eussent pas précédé son arrivée sur la scène. Une bienséance reconnaissante exigeait de ma part un sacrifice.

Au motif de ma réserve et de mon inquiétude pour la situation de M. Bernard, que je redoutais de compromettre une seconde fois, se sont jointes des considérations personnelles et relatives à l'honneur de l'art et au respect que commande la présence du public.

N'est-ce pas dans l'espoir d'être vraiment jugé par le public même, qu'on se donne la peine de composer et de faire exécuter des ouvrages dramatiques? Est-ce pour les exposer aux murmures calculés, aux vociférations soldées, aux sifflets vendus d'une centaine d'hommes turbulens, sans éducation, sans maintien, sans usage; êtres venimeux, petits coureurs de cafés, de tripots, de foyers et de coulisses, lieux où les inimitiés et les rivalités des théâtres achètent leur aide au prix de quelques billets d'entrée ou de quelques pièces de monnaie? Cette tourbe ignorante et vagabonde empêche le public de jouir en repos du spectacle, et le force d'entendre les quolibets indécens, les équivoques ordurières, les sarcasmes obscènes qu'elle exhale dans le parterre et dans les galeries, où sa brutalité l'opprime et le désintéresse de tout plaisir par les mouvemens incommodes dont elle le rend le spectateur muet et ennuyé.

Plus d'une fois témoin de ces viles menées qu'on dirigea tant contre moi que contre d'autres littérateurs, je n'ai pu partager l'avis de certains journalistes qui, probablement trop loin des centres du bruit et se méprenant sur ses causes, ont, dans leurs articles, confondu l'insolence de ces cabales systématiquement instituées, avec les arrêts réfléchis qu'ils supposent exprimés sur ma pièce par notre *studieuse jeunesse*, qui, selon un d'entre eux, a très-bien étudié les discours de *Tite-Live et les Vies de Plutarque*. Leur erreur est si grande à cet égard, que les railleries, les ricanemens, les attaques de tous les gens qui agitaient le parterre, malgré son vœu prononcé d'écouter en paix et d'obtenir du silence, n'ont eu pour objet que les costumes, les attitudes, les intrigues d'acteurs ou d'actrices, et l'intention de faire remplacer tel comédien par tel autre. J'ajouterai que cette assimilation des jugemens dictés par l'esprit éclairé de nos écoles, avec les proscriptions ineptes des fougueux agens de coteries, me semble un réel outrage à la saine jeunesse française, outrage que je ne tends pas moins à repousser loin d'elle, que je ne tiens à me justifier moi-même de l'accusation qu'on a sourdement fait circuler sur mon pré-

tendu projet d'établir quelque allusion entre Brennus et Bo-
naparte.

Certes, mon opposition aux systèmes despotiques de cet
homme extraordinaire, jamais ma fierté ne l'a déguisée; mais
elle ne m'inspira, ni pendant sa vie, ni surtout depuis sa mort,
l'idée absurde de rapprocher un barbare chef Senuonois, du
grand capitaine de notre siècle civilisé.

Aussi m'étonné-je qu'on emploie toujours contre les sim-
ples créations de mon art, les armes à deux tranchans de la
plus basse calomnie.

C'est à ce concours de méchancetés que je me suis empressé
de soustraire ma tragédie de *Camille*. Telles ont été mes rai-
sons de la retirer, puisque des obstacles de tous genres s'inter-
posent entre mon ouvrage et le public assemblé, auquel on
ravit le droit de prononcer librement ses décisions, si instruc-
tives pour les disciples de la littérature. Je termine donc en
parodiant l'un des vers de mon principal personnage,

Je puis cacher mon œuvre et non le profaner.

et je répéterai à mes obstinés ennemis, cette maxime de mon
héros :

Pour la haine jamais mon cœur n'eut de mémoire.

Bientôt la lecture de ma tragédie, que je livre à l'impres-
sion, détrompera les personnes qui pensent que l'admirable
vertu de Camille ne se prête pas à des effets assez tragiques,
et que l'amour passionné de la patrie et des lois salutaires est
moins fortement théâtral que la fureur vulgaire et toute vin-
dicative de Coriolan. Ces personnes reconnaîtront que l'action
propre à mon sujet n'a pas moins de grandeur et de gravité
que celle de Cinna : le péril de Rome, que son héros ne peut
sauver sans l'ordre de la loi, en forme le nœud; la dictature
décernée à Camille par la république en devient la péripétie
capitale, et l'expulsion de Brennus en accomplit la catastro-

phe ; qui se termine sans meurtre et fait par un dénouement heureux, à l'exemple du fait de Cinna, l'un de nos meilleurs modèles classiques. Je n'ai point eu la prétention de multiplier les coups de théâtre et d'animer l'histoire en imbroglio de mélodrame.